美男高校地球防衛部
LOVE！NOVEL！

原作：馬谷くらり／著者：高橋ナツコ

JN210575

ぽにきゅん
BOOKS

地球防衛部
(バトルラヴァーズ)

箱根有基(はこねゆもと)

眉難高校1年生。O型。

実家は温泉・黒玉湯。ふわふわ、もこもこが大好き。

底なしの天真爛漫で大食い。防衛部のムードメーカーでもある。バトラヴァ・スカーレットに変身!

由布院 煙(ゆふいんえん)

眉難高校3年生。B型。

マイペースでダラダラしている。でもやれば出来る子。性格は正反対だが鬼怒川熱史とは仲が良い。バトラヴァ・セルリアンに変身!

鬼怒川熱史(きぬがわあつし)

眉難高校3年生。A型。

真面目ゆえに、由布院の面倒をみることが日常に。成績が良く、学年2位。実家もお金持ち…らしい。バトラヴァ・エピナールに変身!

鳴子硫黄(なるこいお)

眉難高校2年生。

A型。高校生だが投資と運用が趣味でFXなどでかなり儲けている。座右の銘は「世の中金が全て!」バトラヴァ・サルファーに変身!

蔵王　立(ざおうりゅう)

眉難高校2年生。B型。

ひっきりなしにデートの誘いが来るほどのモテキャラであるが、「自称」という説も。その謎が解かれる…!?

バトラヴァ・ヴェスタに変身!

地球征服部
(カエルラ・アダマス)

草津錦史郎(くさつきんしろう)
眉難高校3年生。A型。
眉難高校の生徒会会長で、成績は常にトップ。そして征服部のリーダー。鬼怒川とは幼馴染だが、現在は…!?

有馬　燻(ありまいぶし)
眉難高校3年生。AB型。
生徒会副会長。草津に対して、執事のように寄り添う、一番の理解者。穏やかな性格で、生徒会室ではお茶係(!?)

下呂阿古哉(げろあこや)
眉難高校2年生。B型。
天使のような容姿に天使のような高潔さを持つ。だがコケにされるとキレキャラに。なぜだか蔵王のことが気に入らない様子。

黒玉湯
眉難市にある銭湯タイプの温泉施設。
源泉掛け流し。

ウォンバット

美しく愛に溢れた地球を守るため、防衛部のメンバーをバトルラヴァーズへと導いた。ウォンバットに似ているためそう呼ばれているが、色は桃色。有基にもふもふされることを心底苦痛に思っているが、それを抗えないほど彼の愛に対する姿勢を尊敬している。

眉難高校
とある県、眉難市にある男子高校。
美男子が多いらしい(!?)

地球外生物!?

ズンダー

地球を征服するために遥か遠い星からやってきた。見た目は黄緑色のハリネズミ。征服部メンバーをカエルラ・アダマスとして配下に置く。草津のポケットや湯飲み、ティーカップの中にいることが多い。人の悪の心を感知する。

CONTENTS

BINAN KOUKOU CHIKYUBOUEIBU LOVE! NOVEL!

モフローグ

この世にさまざまな泉質があるように、愛の形もさまざまです。

＊　＊　＊

温泉街の春。

一年中こんな日であってくれれば良いのに…と思うような平和な朝、私は宇宙の彼方《かなた》で暮らす同志たちのことを思っていた。

(同志よ、この星は美しく、まだまだ至る所で愛の力を感じ取れる。それは、私が暮らす町のあちこちから、とうとうと湧き出る湯のように温かく、心と体を癒《いや》してくれる力だ)

ちなみに私の外見は桃色だが、仲間全てが桃色というわけではない。赤い者もいれば青い者もいる。黄色い者も緑の者も。この星では私のような形状の生物をウォンバットというそうだが、私の正式な名は、×@▲＊■×だ。この星の人間には発音しがたいらしく、結局ウォンバットと呼ばれている。心外だが、愛称だと思うことにした。

この星の「ウォンバット」は自ら湯に入ることはないようだが、私は町中に設置されている公共足湯場に足を浸し、朝の静けさと湯の適温で心を洗う。

なんと心地良いのだろう。

湯に浸《つ》かるだけで幸せを噛《か》みしめられる素晴らしき星、地球。

――守りたい。

心の底からそう思ったその時。

現れた。現れてしまった。…怪人だ…。

愛に抗《あらが》い、拒絶し、憎んでいるのが一目でわかる。

茶色く丸い顔、薄皮に包まれた頭からは怒りの湯気を放ち、脳みそのかわりに頭に詰まったあんこが、ほんの少し見えている。誰かにかじられたのだろうか。それであんなに怒っているのか…。

温泉まんじゅう怪人。温泉街だからといって温泉まんじゅうはあってもその怪人となると話は別だ。怪人とはいえ、元は人である。彼は…怖井《こわい》饅頭《まんとう》という名のようだ。

怪人は、温かそうな湯気をまき散らしながら叫んでいる。

「だまされるな！　蒸してない！　湯気は雰囲気だ！」

（……はい？）

にわかには、怪人が言っている意味がよくわからなかった。

湯気は…雰囲気？

（あー、なるほど。あのあんこ怪人、いや温泉まんじゅう怪人は、温泉街の商店街でよく見かける、まんじゅうを蒸すせいろから立ち上る湯気、あれはニセモノだ！　ヘタするとドライイスだ！　と言いたいのか。まぁドライアイスかどうかはおいておいても、確かに、あのせいろ&湯気は怪しいものだ。なにも店先の寒風吹きすさぶ場所で、まんじゅうを蒸さなくてもいいのに。蒸した途端に冷えそうだし）

しかしながら、人は、あの湯気に誘われ、店先に近づいてしまう…というのはわからないではない。いや、よほどの温泉まんじゅう嫌いでない限り、あの湯気にはうっかり近づいてしまう…というのが実状ではないだろうか。

私はそこに、『愛を求める』という人類の本能を見た気がする。

湯気とは温かさの象徴。ほっこりの具現化だ。湯気イコール愛と言っても過言ではない。

つまり、湯気に人が吸い寄せられるように、人は愛を求めるものと私は考える。

だから温泉街の商店の店先から、ほっこり立ち上る湯気にうっかり吸い寄せられてしまうのだ。

反対に、あんな湯気など呪うほど嫌いだというあなたも、理性の内側では愛を求めている可能性がある。なぜなら、どうでも良ければ、たかが湯気に気をとめることなく、素通りできるのだから。

そんなわけで、彼（怪人となった青年）も、湯気を見てふと立ち止まり、温泉まんじゅうを買いたいという衝動にかられ、その流れで商店主、あるいはパートのおばちゃんと世間話をした結果、『あの湯気は雰囲気であり、演出、もっと言うと「ここであったかい温泉まんじゅうを蒸してますよ、ナウ」と見せかけるヤラセ』であることを知ったのだろう。

かくして彼は、愛を求めたにもかかわらず、裏切られたのである。

マジか……蒸してないのか……あの湯気は冷たいドライアイスが気化したものだったのか。

「…………………あー」

頭が真っ白になったに違いない。

あの湯気のように、ほっこり感じていた愛は、はかない気体となって霧散してしまったのだ。

咀嚼《そしゃく》するまでのある程度の時間を要し、彼がふと正気に戻った時。

許せない……そんな激情にかられ、温泉まんじゅう怪人となったのだ。

温泉まんじゅうへの愛があったからこそ、だ。

彼は怒った。

温泉まんじゅうの魅力を際立たせるあの湯気が「ヤラセ」であったことは許し難《がた》い偽りだ。

愛《いと》しい温泉まんじゅうをも否定することになりかねない。

そんな温泉まんじゅうへの愛が、無垢《むく》な想《おも》いがあったからこそ、彼は異形のものに姿を変えざるを得なかった。

彼のあまりある愛は、温泉まんじゅうから乖離《かいり》することはなかった。

そして彼は温泉まんじゅうと同化して変化したのだ。

温泉まんじゅう怪人という姿に。

温泉まんじゅうが悪いわけじゃない。悪いのは、湯気というヤラセを生んだ人間の邪《よこしま》な考えだ。

それは温泉街への怒りにつながり、ひいては社会への怒り、憤り、そして憎しみに発展してしまったのだろう。

愛とは、一瞬にして憎悪に変わるもの。

彼が悪いのではない。

ヤラセが悪いのだ。

だから私、ウォンバットは彼を愛する。

愛をもって、愛に傷ついた彼を癒したい。

それゆえに、叫ぶ。

「さぁ、みなさん！　バトルラヴァーズにラブメイキングです！」

＊　＊　＊

『ラブメイキング！』

由布院《ゆふいん》煙《えん》さん（18）はその勢いある抑揚とは裏腹に心中では暗澹《あんたん》としていた。

（生まれてこのかた、故郷の景色の一部として気にも留めずに見過ごしていたけど、温泉まんじゅうの湯気が、心底うとましく感じられる日がくるとはな…）

その意に反し、何かに操られるかのように、彼は左手首につけた青い宝石がついたラブレスレットに軽く口づけをする。これはその愛のパワーを注入する行為。愛は高速で変換され、愛はハートの結晶を作りだし、上下左右から水のリボンが踊るように体を包み込む。愛を授けた者に愛の鎧《よろい》ともなるバトルスーツが纏《まと》われたのだ。

そして、これまでの人生で、いや、この先の人生でも、決して自発的に発することのない台詞《せりふ》が口をつく。

「ヒラメキ王子、バトラヴァ・セルリアン！」

（あー…なんで有基《ゆもと》いないかなぁ。俺が初《しょ》っ端《ぱな》になっちゃったじゃないか。これじゃあ俺がバトラヴァを先導しちゃってると思われかねねー。ありえねー。あ、バトラヴァって略すのも、ちと馴染《なじ》んでるっぽくて良くねーな。だからってバトルラヴァーズってフルに口に出すと、そっこーへこみそうだし…）

心のため息がつき終わる前に、その隣で由布院さんとは逆に穏やかな表情を保っていた鬼怒《きぬ》川熱史《がわあつし》さん（18）も覚悟を決めていた。

「ツラヌキ王子、バトラヴァ・エピナール！」

鬼怒川さんは端整な顔立ちをしており、目を開いている時は目立たないが、目を閉じると意外にもマツゲが長いのが目立つ。それが妙に色っぽいことを私は知っている。

（諦めよう…。ほんの少しの辛抱だし。煙ちゃんもなんだかんだ今回も先陣切ってくれたし。今から始まる時間は苦痛でしかないけど、試練と受け止める考え方もあるかな。いつの日か、この経験が生かされるって。それか、なんも考えないか。考えない方が楽かな。考えたせいで余計イヤんなっちゃうことってあるし）

思考の停止を脳に伝達したその傍らでは鳴子硫黄《なるこいお》さん（17）が言い放つ。

「トドロキ王子、バトラヴァ・サルファー！」

クールな外見、ポージングも様になっている。しかし彼の心境は違っているようだ。

（間違っていますね、何もかも。本当なら今頃は日課である株価のチェックを行い、小銭を動かす時間なのに。なんなんでしょう、このナルシスト的ポーズは。ありえません。こんなの私じゃない。正確に言うと、私がとってるポーズですが、とらされているだけです。あの桃色のウォンバットの奇妙な力で。ちなみに、散財覚悟で彼によってはめられたブレスレットを外すべく、あらゆる研究機関に話を持ち込みましたが、無駄でした。私自身の頭の中を疑われて終わりました。散財したのは、メンタルクリニックに支払わざるを得なかった医療費です。無駄すぎです。ああ早くこの悪夢のような時間が過ぎ去って欲しい）

鳴子さんの表情は引きつっていたが、蔵王《ざおう》立《りゅう》さん（16）の声は軽やかだった。

「トキメキ王子、バトラヴァ・ヴェスタ！」

片方の眉を吊《つ》りあげ、いつ誰に見られても問題ない完璧な仕草である。

（俺だからちょっとイケてる風に見えてるけど、フツー百年の恋も冷める勢いのヤバさだし！嫌いじゃないけどね、普段こんなの着られないし。しかしなんでこんなことになっちゃったかなー。あの桃色ウォンバットが現れたせーで、なんで俺までこんなことに…あいつが来る前は、女子とよろしくやってるハッピーライフを送ってたのによー。だいぶその時間が削られてるんだよなー。まー面白くないわけじゃないけど）

四人が凛々《りり》しく並ぶ姿に私は感動している。

しかし、足りていない。大きな愛が、足りていない。

「わー遅れたー！」

箱根《はこね》有基さん（15）が階段を大きく飛びながら仲間に駆け寄る。

彼が今日四人と共にいなかったのには理由があった。先日のテストでまた一ケタ台の点数を連発したため、教師陣が業を煮やし単独補習を決行したのである。放課後では彼は実家の銭湯の手伝いだったり、防衛部の部室で私を終始モフモフし続ける行為に耽《ふけ》ったりと忙しいため、教師陣が涙を飲み早朝補習をしていたのだ。この件に関しては私にも責任があるため、今回の遅刻は見逃すことにした。

そもそも、有基さんはバトルラヴァーズに対して初めは多少の疑問はあったものの、するりと肯定してくれた稀有《けう》なお人だ。

私はその本能をも美しい、と思うのだった。

走りながらラブレスレットに口づけし、有基さんも変身する。

「キラメキ王子、バトラヴァ・スカーレット！」

バトルラヴァーズ四人が居並んだその一歩手前、センターに構えた有基さん、もといスカーレット。エピナールとなった鬼怒川さんよりも長いマツゲをパチパチさせながら、文字通りドヤ？　という顔をして、一同の中心でポーズを構える。

「愛する地球を汚すものよ！」

「愛なき力に正義はない！」

「愛こそは全て！」

「愛に生き、愛に死す！」

「我ら愛の王位継承者！」

それを合図に、叫ぶ五人。その叫びに、朝風呂帰りの町民がちらほらこちらを振り向く。みな遠巻きに奇妙な目で見てはいるが、何事もなかったように通り過ぎて行った。

私の目からは彼らの人相は今までと何の変わりもなく映っているが、傍観する人々には地球でいうところの「モザイク」や「音声変換」の処理が施されて脳裏に映っている。まさに「変身」なのだ。更に万全を期して、目撃した部分だけを脳から削除している。これは私の星の技術が為《な》せる業である。

有基さんを含め、五人が素晴らしいハーモニーで同時に叫んだ。

「バトルラヴァーズ！　愛の力を思い知れ！」

*　　*　　*

戦闘は毎度長くはない。

スカーレット以外の四人は、できることなら一撃で終わらせたい気持ちで戦っているらしい。効率がいいと言えばいい。

いつものセルリアンの言い分だとこんな感じだ。

「なんで訳のわからない怪人を救わなければならないんだ。ちくわぶとか、ネジとか。どうでもいい。なんでそんな怪人になっちゃう奴《やつ》がいるんだ。なにに傷ついたんだ。せめて怪人になる前に愚痴ってくれれば力になりようもあったのに」

こういう意見にエピナール、サルファー、ヴェスタも毎回同意していた。

そこには怪人へのわずかな愛が潜んでいるのですよ、と何度私が説明したところで彼らは納得しない。私があなたたちをバトルラヴァーズに選んだのは、愛ある男たちだからなのだ。そのあたりも自覚してほしいのだが…。

ただ一人、羞恥心を微塵も感じず堂々と、真剣に、まっすぐに、温泉まんじゅう怪人を愛ある瞳で見つめ、愛を訴えているのはスカーレットだ。

「湯気がヤラセだっていーだろ？　温泉まんじゅううまいじゃん！　あったかいし、ほっこりするし。湯気だって、ヤラセでやってるつもりじゃねーって。ここでうまい温泉まんじゅう蒸《ふ》かしてるっすよっていう合図じゃね？　そのおかげで俺ら温泉まんじゅう屋に気づくんじゃん。スルーされて売れ残ったらどうすんだよ、温泉まんじゅうが。その方がかわいそうじゃね？」

その言葉にハッとなる温泉まんじゅう怪人。

盲点だった…確かに自分も、温泉まんじゅうが売れ残ることを望んではいない。どこの売店の温泉まんじゅうも、そこそこ美味だし、日本の文化だし、誰にも振り向かれずに捨てられるのは忍びない。なのに俺は……騙《だま》されたという想いのみにとらわれ、真の意味で温泉まんじゅうのことを考えていなかった。社会への否定に意識がうつったばかりに、温泉まんじゅうの幸せを考える心を失っていた。

「すまない……温泉まんじゅう」

＊　＊　＊

かくして温泉まんじゅう怪人は、ざっくり言うとバトルラヴァーズの、細かく言うとスカーレットたる有基さんの大きな愛により、浄化された。

私は感涙する。目の周りの毛がじわじわと濡《ぬ》れそぼった。

「バトルラヴァーズの皆さんの、敵すら愛する姿勢により、またひとり、愛を失った者を救うことができました。感謝します」

一時ではあったが、温泉まんじゅう怪人となってしまった怖井饅頭くんがその後、たとえヤラセの湯気であっても、その湯気の存在に目を細め、温泉まんじゅうの優しい甘みに心癒される青年となったのは言うまでもない。

「アッシー。何度目のバトルだったか覚えてるか？」

由布院さんがいつもの低音で鬼怒川さんに声をかけた。

普段から力加減控え目で生きている由布院さんにとって、バトルラヴァーズでいることは百二十パーセント増しのオーバーワークであるようだ。

「数えてないよ。むしろ考えないようにしてる」

「賢明だな」

すると髪をいつものポジションに戻し、手鏡でサイドを確認しながら蔵王さんが同意する。

「由布院先輩、俺も回数なんか数えてないっすよ。別れた女の数を数えないのと一緒。イオは数えてそうだけど？」

「もちろん。私は正確に数えてますよ」

鳴子さんも疲れているはずだが、何故《なぜ》か得意げだ。

「何度辱めを受けたか認識しておき、いつか対価を請求するつもりです。そこの桃色のウォンバットに」

突然私に矛先が向かう。しかし私もまた、その心根はブレていない。

「愛とは、ただ与えるもの。求めてはいけません」

「意味わかんねーし！」

鳴子さんのかわりに蔵王さんが突っ込んだ。

そんなやりとりなど一向に意に介さず、有基さんは満足そうに口を開いた。

「ま、でも良かったっす！　これでまたいつもみたいにフツーに温泉まんじゅうが食える！

やっぱ愛っすよ、愛！」

「ますます意味がわからん」

と、由布院さん。

「だね」

鬼怒川さんも苦笑してうなずく。

ひとり晴れ晴れとしている有基さんが、にこにこと私に視線を落とした。

「なー、ウォンバットー」

五人の前を一人（一匹）四足歩行で歩いていた私の背中の毛先が、風もないのに短く棚引いた。警戒…本能が警戒しろと言っている。

（こういう時の有基さんはキケンなんです…。一仕事終えた後、いつも必ず求めてくる…。

逃げなければ。受け入れてはいけない…）

しかし欲望は本能を上回った。

次の瞬間、有基さんが私の体に覆《おお》い被《かぶ》さってくる。

「モフモフさせろー！」

「やめてください！」

「いーだろ、減るもんじゃないし」

「いやです！」

「なんで？　いーじゃん、モフモフ。小動物はモフモフされるためにいるんだぞ？　ウォンバットだって気持ちいーだろ。モフモフされると」

「不快です！」

「ウソつけ。されたいくせに。うりうりうり！」

「や、やめてっ」

「おらおらおら！」

「ひいいいいい！」

「ほーれ、ここか？　ここなのか？」

「ひいいいいいいい～！　誰か！　助けて！　助けてください～！」

私の叫び声は、温泉街の景色の中にかき消えた。

温泉まんじゅうを蒸すせいろから立ち上る湯気のように。

＊　　＊　　＊

唐破風造りの堂々たる外観、渋く色褪《いろあ》せた暖簾《のれん》には装飾化された「黒玉湯」の商号が刷られている。

暖簾をくぐり、下足箱に靴を入れて薄いアルミのカギを抜く。大抵十五番だ。意味はない。

番台を抜け、適当に籐《とう》の籠に服を脱ぎ捨てるように放り込む。アツシに、

「煙ちゃん制服しわになるよ」

と注意されるも毎度のことなので気にしない。

曇って向こうが見えない引き戸を開けると心地よい湿気に迎えられた。

蛇口からは湯がとうとうと流れ出ている。源泉かけ流し、硫酸塩泉。効能は良くわからないが俺にとっては最高の湯だ。

たちこめる湯気。うらうらとした空気。

時折、有基の兄であり、この黒玉湯の主人である強羅《ごうら》さんが薪《まき》を割る音がのどかに聞こえてくる。

そして俺たちは意味不明のバトルで疲れた体を癒しに来ているのだった。まだ明るい時間、男湯には他の客はおらず、開放感が増す。

「やっぱり一番風呂はいいな」

アツシは普段しているメガネを外し、その雰囲気はいつもよりもくつろいでいるように見える。

「まあな。バトル後の風呂だけは悪くない」

俺は頷《うなず》きながら顔ぎりぎりまで湯に体を沈めた。イオもリュウも、しみじみと浸かっている。しみじみ…としながらも、四人の視線は洗い場に向いていた。

そこでは、桃色のウォンバットが桶《おけ》を両手で器用に持ち上げ全身に湯をかけている。使っているのはシャンプーなのか石鹸《せっけん》なのか分からないが、その桃色は落ちない。全員が心の中で「…地毛なんだな」と突っ込んだ。

ぺしゃ、ぺしゃっと奇妙な足音。全身から湯を滴らせ、その桃色の物体も湯船に足を入れた。

するとリュウが怪訝《けげん》な顔でウォンバットに問う。

「ウォンバットも風呂入んだ？　のぼせねーのか？」

「動物の入浴料はいくらなんです？」

イオの思考が金銭から離れることはない。

「ていうか、入っていいの？　動物」

「だよな、まずそこだよな、アッシ」

「毛、抜けないの？　冬前はやめたほうがいいんじゃない？」

「匂いは？　草食でしたっけ？　確かに匂いは強くないようですが」

「タオルと同じ扱いであればいいんじゃね？」

「リユウ、タオル入れたらルール違反になりますよ」

ウォンバットがやさぐれた態度で一同を見ている。先ほど有基にモフモフされまくり、既に心がささくれ立っていたのにこの扱い。

「いいんですよ、主がいいって言ってるんですから」

「強羅お兄さんが?」

「いいえ蔵王さん、有基さんの方です。お兄さんにだって反対させませんよ。私、陵辱されかけたんですよ? 有基さんに。強羅お兄さんに聞きたいぐらいです。いったいどういう育て方してきたのか、と」

「そういや、有基んちの親って見たことねーな。アッシ、知ってる?」

「いや、知らないなぁ」

どうやら話のネタはウォンバットから箱根兄弟に移ったようだ。その空気を察したのか、ウォンバットはホッとした顔で湯にたゆたいはじめた。

「入学式も強羅お兄さんと来てたっすよ。俺、係だったから、一年席まで案内したんすよ。女の子かと思ったら男で、超がっかりしたんで覚えてるんす」

「お兄さんと二人暮らしなのでしょうか。ま、贅沢《ぜいたく》しなければ、銭湯の売り上げで生活はしていけるでしょうね」

「そういや、学校用語で親のこと父兄って言うな、アッシ、なんで?」

「え? なんでだろう。煙ちゃん…なんでも俺に聞かないでよ」

「アッシ、なんでも知ってるじゃん。兄、重要なんだな。父母じゃなくて父兄だもんな」

「由布院先輩、父母会とも言いますが？」

「父母会か…イオ、ＰＴＡとも言うよな。つか、ＰＴＡって何の略？」

「ペアレント・ティーチャー・アソシエーション（parent-teacher association）の略ですよ」

「ティーチャー…先生って、もう父兄でも父母でもないんだが…どうでもいいか」

「煙ちゃんが言い出したのに」

何の生産性もなく、何の話題性もない、ひとつのネタをキャッチボールしあうような会話が、俺たちの日常の一部だ。全員、それを何とも思ってはいない。弁当のおかずに毎日卵焼きが入っていても何の気にもならないのと同じことだ。

ぺしゃんっと水面を叩《たた》く音がした。

ウォンバットがつぶらな瞳をギロリ、とこちらに向けている。つぶらすぎて迫力はない。

「まったく、みなさんはいつもそうですね。どうでもいい話を延々と。バトルラヴァーズになったのですから、もう少し愛と平和について語り合いましょうよ」

「なったつもりねーよ、仮の姿ってことだろ」

「リュウの言う通りです。あくまでやらされているだけです」

「俺もだな。アツシはわりとノリノリだけど」

「え、そう？　そんな風に見えてる？」

「イヤがってはなさそうだな」

「何も考えてないだけなんだけどね。そういう煙ちゃんだって、口で言ってるほどイヤイヤじゃないいんじゃない？」

「まーな。ヒマだし」

「マジすか？」

「先輩たち、本当にヒマなんですね」

「つか、抗えないなら楽しんだ方が得かなーと」

「煙ちゃんらしいね」

「人生に起こることすべてを受け入れる。それも広い意味で愛だろ？」

「は？」とリュウ。

「はい…？」とイオ。

アッシが怪訝にこちらを見やった。

「……煙ちゃん、なんかあった？」

普段どおり、

「なんも考えず言ってみた」

と、答えた。

「だよね」

やっぱり、というようにアッシが笑む。

リュウもイオも、「いつものテキトーな由布院先輩の心の漏れ」を受け取る。

だがウォンバットは違っていた。

「なるほど……愛ですか」

腕を組んではいるが短いので格好は付いていない。

「あ、スルーでいいから」

更に熱のない抑揚で俺は流した。

ウォンバットは湯気の向こうにいる有基に目を向ける。

有基はせっせと床にデッキブラシをかけていた。

実家であるこの銭湯の掃除は彼の日課である。なにごとも楽しげに行うのは彼の良いところだと思う。そしてデッキブラシをステッキのようにクルクル回し、

「我ら愛の王位継承者～！」

ポーズを決めた。決めながら、服を脱ぎ出す。ぽいっと脱衣所の籠に投げ入れ、何故かシュノーケルを装着して体に湯をかけ始めた。

「ひゃっほう！」

と言いながら、飛び込むかと思いきや、温度を確かめながらゆっくり湯船に入る。銭湯のルールは厳守しているのだろう。

「潜って女湯にでも行くつもりか?」

「煙ちゃん、それはもう試してたじゃん?」

湯船はつながっていないはずだ。男子はそれを必ず確認するものなのである。

「いつウォンバットが沈んでも助けられるようにっす!」

…ウォンバットはいつか沈む予定なのだろうか。

「……なんつーか、子供…ガキだな」

「有基だしね」

「すげーよな、有基。レベル的に小一ぐらいじゃん?」

「高一とは思えないピュアさですね」

ウォンバットは感慨をもって有基を見つめ、

「有基さん……」

思わずそう口をついたようだった。

(沈むことが前提だったり、毎日モフられたりしていますが、怪人が出てもいないのに、ああして変身ポーズを決めてみたり、そんな有基さんのバトルラヴァーズへの濃い愛を感じると…私は…嬉《うれ》しさで目頭が熱くなってきました…)

有基を見つめて離さない桃色の物体のその目尻に光ったものを、俺は見逃さなかった。

「どうした、ウォンバット?」

「いえ…ぐすっ…」

「お前、泣いてんのか?」

「ストレートすぎますよ、リュウ。泣いている人に泣いてるのか？　と問うのも小学生レベルです。人ではありませんが」

アツシがウォンバットの目線の高さにかがむ。

「もしかしてちょっとのぼせた？　毛皮、熱こもりそうだしね」

「いえ……大丈夫です」

誰も、それ以上広げることなく、この話題は終了した。

リュウは上がって髪を洗い始め、イオとアツシは水風呂に足を浸す。俺は半身浴の姿勢で壁際に寄りかかった。有基は…シュノーケルをしたまま散らかった桶や風呂椅子を隅にまとめはじめていた。

桃色ウォンバットは、胸に手を当てて、また有基を見つめ出していた。乙女か。

（有基さん。私はモフモフを好みません。正直、苦痛です。

でも、有基さんのことが好ましくてなりません。

どれだけモフモフされても、その時は苦痛でも。

なぜだかよくわかりません。

でも、それもひとつの愛の形であるのかもしれません。

愛は深く、尊く、謎に満ちています。あなたといると、愛について考えずにはいられません。

デッキブラシで変身の練習をする一挙手一投足が愛しくてならないのです。

もちろん人間愛です。

あなたはきっと、バトルラヴァーズの申し子です）

同志よ、私はこの星で愛を極める。

by
ウォンバット

第1章

バトルラヴァーズ、早くも解散の危機！

やることは山ほどあった。

有基《ゆもと》さんのモフモフ攻撃は辛くても、私が彼に寄り添っているのは、彼の中に深い人間愛を感じているからだ。

そして私には、もう一人寄り添い続けなければならない人物がいる。眉難《びなん》高校地球防衛部顧問の俵山満願《たわらやままんがん》先生だ。生徒たちの間では、最近めっきり老け込んだと言われている。

それもそのはず、実は彼は、この星の認識では死亡状態にあるのだ。しかし私の診断では仮死状態に当たり、生きる死体に近い。なので顔色も悪いのだ。

ぶっちゃけ、私のせいだ。モフモフを求める有基さんに追いかけ回され、ダッシュで逃げていた際に、俵山先生の72歳のご老体と激突してしまったのだ。

メキリ…とイヤな音がした。

高齢により弱った骨が、ゆっくりと折れる音だった。超能力的な高度な医療技術を持つ私は、すぐさま彼に蘇生《そせい》措置を施した。しかし、人間相手に効果のある超能力ではなかったようで、私から離れるとすぐに弱ってしまうことがわかった。私の星に連れていけば治すこともできるはずだが、今はこの星の愛と平和を守らなければならない。

そこで俵山先生には悪いが、しばらくの間、彼に取り憑《つ》き、私が彼となって生活を送り、治療を続けることにしたのだ。

彼が突然、桃色ウォンバットのぬいぐるみを小脇に抱えていても、特に言及されることもなく、何も問題にならないのは教師歴五十年の重みと人望であろう。実にありがたいことである。

やることが多いのは、地球防衛部の指南役であり、眉難高校の教師もつとめなければならないからだ。更に俵山先生は詩吟がご趣味であるため、目下私も詩吟を猛勉強中で、それも忙しい理由の一つだ。

詩吟以外のことは、やりがいがある。青少年に、勉学という形で生き方を教えることもまた一つの愛だからだ。

基本的には教師・俵山として教鞭《きょうべん》をふるい、有事となればバトルラヴァーズのみなさんを指揮し、愛を見失い、愛に抗《あらが》う怪人を浄化する。忙しいが、私は希望とやる気に満ちていた。

今日も我が地球防衛部の部室には、メンバーがそろっている。

部室の入り口には『地球防衛部（笑）』と書かれたプレートが掛けられている。現メンバーが作ったものではなく、いつ、誰が作ったのかは分からない。部活に入らなければならないけれど何もしたくない、する気はない、他にすることがある、ならばここでいいや、と集まったのが現メンバーである。

まったくの偶然ではあるが、それこそ運命、天命であろうと私は思う。

鳴子《なるこ》さんは外国の通貨を売買して利益を生むＦＸに余念がない。彼が座右の銘として掲げているのは、「世の中金が全て」。割りきっている。嫌いな言葉は変動金利らしい。昼食はたいがい牛丼を食べているのだが、理由は味ではなくコスパだそうだ。徹底している。

蔵王《ざおう》さんは交際中の数多《あまた》の女性たちとのやりとりで忙しそうだ。不特定多数との不純異性交遊は推奨できるものではないが、言ってもきかないので仕方がない。どの女性たちも不幸に感じていないことが不幸中の幸いなのか、もっと不幸なのか、私には何が何だかわからない。そんな蔵王さんが好む色は桃色だが、自己愛の色だ。そこは私も尊重し合える。

由布院《ゆふいん》さんは、今日も時折、哲学的なことを口にしているが、よくよく聞くと本当に意味はない。それでも何か持ってそうな気にさせるところが魅力的であり、人たらしでもある。趣味は昼寝で、好きなものは二度寝というだけあって、いつも髪がぼさぼさだ。

鬼怒川《きぬがわ》さんは、いると和む、うららかな春の日差しのような人だが、実は一番黒いのではと思わないでもない。由布院さんに対する理解は海よりも深く、空よりも高い。素晴らしい人間愛だ。

私の半身、俵山先生の御身はこの部屋の隅で穏やかに横になっている。

今、この部室に居るのは四人と一匹と一体、である。

有基さんは、まだ部室に姿を現さない。どこかで小動物を追いかけているのか、意味なくマラソンでもしているのか、とにかくじっとしてはいられないらしい。私としては、運動できる限り疲れ切っていただき、モフの回数を減らしていただきたいと思っている。

それにしても。

有基さんのいない部室は静かだ。彼がいるのといないのとでは、そこがおおいに違う。

蔵王さんもそれに気づいているようで、彼が口火を切った。

「今日、有基おせーな」

退屈ということもあるのだろうが、有基さんがやって来るのを待っているという感情が短いセンテンスににじみでている。

先ほどから昼寝をはじめた由布院さんの寝息が大きくなる。まるで寝息で蔵王さんに同意を表現しているようだ。たぶん偽りの眠りだろう。彼も有基さんがいなくて退屈なのだ。

その時、事件は起こった。

寝たふりをしている由布院さんのおでこに。

地球上でもっとも忌み嫌われていると言っても過言ではない、あの、カサコソ動く、驚異的な繁殖能力を持つ黒い悪魔が飛び乗ったのだ。地球外の出身である私でも、この悪魔は皆と同様の嫌悪感を抱いている。

「ん？」

額に違和感を感じ、由布院さんが目を見開いた。しかし、彼の両の目では、額のあの黒いヤツを見ることはできない。

だが、彼以外の全員の目に、それはしかと見えていて。

「煙《えん》ちゃん…っ」

いつもやわらかな表情の鬼怒川さんが青ざめた。

「うわうわ、やっべ！」

やばいことなどわかっているが、それを真正直に言ってしまうのが蔵王さんだ。

賢明な鳴子さんは、ＦＸ中ということもあり、絶句を貫いている。

由布院さんは、当然額に、カサコソ…という触手的な違和感を覚えているので、

「お、おい……なんかいるか？」

奇妙な角度で左手を歪曲《わいきょく》させて、額を指差す。その指はかすかに震えている。

本能的に、額の異物に触れてはならないという指令がくだり、おかしな指の差し方になっているのだろう。

「煙ちゃん…っ」

もう一度、鬼怒川さんが言った。だが、それ以上は言葉が出てこない。

なぜなら、由布院さんがもっとも苦手とする生物が、そのカサコソ動く黒い悪魔であることを一番よく知っているのは鬼怒川さんだからだ。

感触と、皆の動揺から、由布院さんは九十九パーセントそれがなんなのか確信しているに違いなかった。

だが、認めたくないという感情が一縷《いちる》の望みをつなぐ。

「……ちがうよな？　アレじゃないよな？」

コオロギかもしれない。

カナブンかもしれない。

ゴミ？　輪ゴム？

そうそう、輪ゴムってこんな感触だったかもしれない…。

由布院さんのささやかな希望的想像を余所《よそ》に、三人そろって無言の肯定。この場合、肯定になるのだろうか。

アレなのか？　と聞かれれば、無言の肯定となるが、アレじゃないよな？　と聞かれた場合はどうなるんだ？　ん？　そんなことはどうでもいい。かくいう私、ウォンバットも激しく動揺しているのだ。

しかし、

「いいえ、まさしくアレです。おでこにゴキブリ張り付いてます」

とは言えない。

言ったところで由布院さんをパニックに陥れるだけだ。

かと言って、このまま放置することは可能なのか？

チ……チ……チ……と、古い壁掛け時計の秒針が動く音がやけに大きく感じられる。

その音に交じり、かすかだが、しかし確実に、カサ…コソ…という音も聞こえてくる。

這《は》っている。

由布院さんのおでこの上を、黒い悪魔が這っている。その身に艶やかな光沢をたたえながら、ゆっくりと。黒い悪魔も皆の視線を感じていて、警戒しているに違いない。

「うわ…」

自分に正直な蔵王さんが声をあげた。

すると、全てを悟り、観念したかのように由布院さんが、かすれた声で言う。

「助けろ……」

命令口調だが、懇願するような悲哀が声ににじみ出ている。

誰も応えない。動けない。

カサ…。再び黒い悪魔がわずかに額の上で身じろぎする。

「おい…っ」

再び由布院さんが懇願する。

その時。

カサコソ…っ。黒い悪魔が額の上を小走りした！

「ひ…っ」

堪えきれず、由布院さんが息を呑《の》む。

そして叫んだ。

「アッシ…！　追っ払ってくれ！」

口調もお願いにかわり、悲愴《ひそう》感が増す。

だが、いつもあれだけ由布院さんの女房的言動をしている鬼怒川さんであるのに、この時ばかりは違った。

「俺も得意じゃないから…」

追い払うどころか、ムリムリという感じで、胸の前で両手を小さく振る。まるでバイバイするかのように。

「く…」

裏切られた感覚なのだろう。由布院さんの表情が陰る。

だが猶予はない。

「リュウ、頼む！」

続いて蔵王さんに懇願する。

だが、蔵王さんは蔵王さんなので、

「ムリっす！」

直球だ。

そのテンポで今度は鳴子さんを見る由布院さん。

「イイイイオ…！」

次の瞬間、ポーンと鳴子さんのパソコンのアラートが鳴る。

「お、買いか？」

ビジネスライクな表情にかわり、一瞬にしてパソコン画面に集中する。

「ゴルァ！」

思わず由布院さんが声を荒らげたその時。

バタバタバタッ！

黒い悪魔が飛翔《ひしょう》した！

薄く茶色い羽を顫動《せんどう》させ、室内を旋回する。

「うわー！」

「うお――――！」

「わっ、わっ」

パソコンに集中していた鳴子さんも思わず立ち上がる。

「ちょっ」

バタバタバタッ！

黒い悪魔は四人を翻弄するかのように、それぞれの眼前をかすめ、飛び続ける。

「うわあああああ！」

あとはもうカオスだった。

どなたが真っ先に部屋を飛び出して行ったのか。窓から屋根へ逃げたのは誰だったのか。あの悪魔はその窓から羽ばたいていったようだが、それさえ私にもあやふやだ。

気づけば部室は、素人の空き巣に入られたような惨憺《さんたん》たる有様だった。

イスは倒れ、ペットボトルの飲料はぶちまけられ、由布院さんが昼寝前に食べていた温泉まんじゅうが無残に踏みつけられている。

部室に残されたのは、私と、寝転んだままの由布院さんのみだった（正確には、仮死状態で倒れている俵山先生も）。

重苦しい沈黙が支配する。

かける言葉の見つからない私。

「あ、あの……」

恐る恐る月並みな声かけをしてみる。

「だ、だいじょぶですか……?」

由布院さんは、それには応えず上体を起こすと、低い声で一言だけこう言った。

「……解散だな」

「……え?」

しばし言葉を選んでいるかのような由布院さんが立ち上がる。

そしてまっすぐに私を見た。

「あの……」

「仲間を助けようともしないで、なにが地球防衛部だ。笑わせるんじゃねえ」

ゆっくりとした、重い言葉だった。

そして由布院さんは退室していった。

「正確には退部でしょうか…いや、解散ということであれば廃部ですかね…」

そんなことを呟《つぶや》いて、事の重大さに気がついた。

「……もう!?　もう解散の危機!?」

こういう時、頭が真っ白になる……と、この星では表現するようだが、私の場合、目の前にチカチカと星が飛んでる感覚だ。

だが頭は妙にクリアで、なんとかしなければ！　という焦燥感にかられている。実際には、ヌボーッと立ち尽くしているだけなのだが。心臓だけは激しく鼓動し、どうしよどうしよっという言葉が頭の中を駆け巡っている。


その時だった。

救世主のごとく、有基さんが現れた。

実際には、元気はつらつの宅配便屋さんという感じで。

「ちわっす！」

本来、我が地球防衛部の挨拶は業界風というのが決まりだった。朝であっても昼であっても夜であっても、怪人が出たらすぐ仕事。事件が起こった瞬間が始動なので、「おはようございます！」あるいは「おざます！」で統一したいところだ。「こんにちは」「こんばんは」では仕事を始める感じじゃないからである。しかし有基さんは今日も「ちわっす！」と「こんにちは」の丁寧語で現れた。彼は本当に人の話を聞いていない。

聞いてもすぐに忘れてしまうのかもしれない。バカなのか？

「って、そんなことはどうでもいい…！」

自分で自分にツッコミながら、私は有基さんに駆け寄った。

「一大事です、有基さん！」

「お、怪人？　また出たんだ？　今度はナニ系？」

「じゃなくて……バトルラヴァーズ、早くも解散の危機です！」

＊　＊　＊

私の説明を聞き終え、有基さんは子どものように口をとがらせた。

「なんだかなぁ。子どもじゃあるまいし」

いや、そういうあなたが一番子どもっぽい…という言葉は呑み込んで、私はすがるように有基さんを見た。

「まいりました……」

「ゴッキーが出てケンカするか、フツー？」

有基さんは口を尖《とが》らせて言う。その目は笑っておらず、なぜか強い光が宿っていた。

私はハッとした。

救世主の光を有基さんの目の中に見た気がしたのだ。

しかしそれでも不安な気持ちは拭えず、

「どうしましょう……」

と、すがるように有基さんを見た。

有基さんの瞳の奥の光は、さらに強く輝き、

「ゴッキー、かわいーじゃん。あいつらだって頑張って生きてんのになあ」

「……そこ!?　そこですか!?」

突っ込まずにはいられなかったが、ややして私は気づくことになる。

有基さんはあの黒い悪魔のことでさえ、愛をもって見ているのだと。有基さんなら、黒い悪魔をも手乗りとして手なずけられそうな気さえする。

「ったく世話が焼けるな！」

プリプリしながら踵《きびす》を返す。

「あ、あの有基さん、どちらへ!?」

振り返る有基さんは笑顔だった。

「先輩たちを仲直りさせるんだ」

「でもみなさんの居場所、わかるんですか?」

「わかんないから探すんじゃん」

またしてもハタと気づかされた。

「……そ、そうですね。探し出して話をすることが解決の第一歩ですね!」

「話すんじゃなくて仲直りだって」

「や、ですから、話し合ってできることなら仲直りを、と……」

「おう。ケンカしたら仲直り! それが仲間だ!」

再び有基さんの瞳の奥に、眩《まぶ》しい光が宿った。

第2章

愛は脆く、柔らかく

奇跡のように、ずっと昔から変わらぬ町並み。

「変わらねーな」

声に出して言う必要などないのだが、陰々滅々とした気持ちがそうさせたのかもしれない。声でも出さないと、ますますどんよりしてしまいそうな心境だ。

実際、町は子どもの頃からさして変わっていない。この時代に珍しいことだが、ひなびた温泉街だからこそか。いつも周りの景色など気にしないのに。隣にいるアツシが、今日はいないからなのか。

「なんだかなぁ」

また声に出して言ってみる。

「やれやれだ」

自分で自分に呆《あき》れているのだ。それは分かっている――が。

「でも、だ」

我ながら、G（正式名称を呼ぶのも憚《はばか》られる故、Gと略す。by由布院《ゆふいん》）にあそこまでビビるのもどうかと思うが、苦手なのだから仕方がない。いや、苦手という言葉だけじゃ足りないな。トラウマだ。精神的苦痛だ。

「って…沁《し》みるな」

除菌ティッシュが底を突くまで拭いて赤くなった額に手を当てた。

かつて、やはり飛翔《ひしょう》し、顔面に向かって飛んできたのを手刀で叩《たた》き落《お》としたことがある。そう遠い昔のことではない。

「中二の時だから、五年前か」

あの日、ヤツに手刀で触れた感覚は、今も生々しく右手の小指の付け根辺りに残っている。乾いたものに触れた感触だった。

だが、ここまでGが苦手になったのは、この感覚の仕業ではない。その後が問題だった…。

手刀で叩き落としたGは、追い討ちをかけるつもりで踏みつけにした。温泉街の石畳の上で踏まれたGは、再起不能と思われた。しかし、それは誤算だった。

中学からの下校途中だった俺は、一度はその場を離れたのだが、Gの不意なる襲撃をくらい、手刀を振り下ろした際に、もう片方の手に持っていた学生カバンを道に落としていたことに気づいたのだ。

わずか数分後、俺は事件現場に舞い戻り、学生カバンを手に取ると、再び帰宅の途についた。

そして、第二の惨劇は、翌朝起こったのだ。

俺は朝ごはんを口に入れたまま時間割を見ながら、今日の授業で使う教科書を入れるべく、学生カバンを開いた。

次の瞬間――。

ガサゴソッと這い出《はいだ》してきた黒い塊が、助けを求めるかのように、手の甲を這い上ったのだ。

「う……うわああああああああああ！」

尻もち系リアクションとはこのことかというような、完璧なる尻もちをついた。全身がブルブルと恐怖に震えていた。

尻もちと同時に振り落とした黒い塊は、すでに絶命していた。最後の力を振り絞り、手の甲を這い上ったのだ。つまり、今、目の前の床で死んでいるアイツは、俺が昨日踏みつけにしたアイツに違いない。中二男子に踏みつけにされ、相当なるダメージを負ったソレは、一晩をこのカバンの中で過ごしたが、ついにここで息絶えたのだ。

瀕死《ひんし》のGと一夜を自室で過ごしたかと思うとゾッとした。

恐怖に寒気が加わって、気分まで悪くなり、今食べたばかりの朝食をすべて吐き出したぐらいだ。

「……って、なにリアルに思い返してんだ俺」

また声に出して言い、身を縮める。

温泉街の冬は長く、寒い。

だが、今、自分が震えているのは寒さのせいではない。悪寒というやつだ。

「だから、だ」

再び先ほど防衛部の部室で勃発した出来事を振り返る。

情けないと言われればそれまでだが、自分がG嫌いなのは、それなりの理由があると自負している。だからこそ、仲間だと思い、助けを求めたにもかかわらず、あいつらなんもしなかったな。

「ふん……」

吐き捨てるように言い、歩みを早めた。

路上に黒く伸びる痩せた自分の影がどことなく寂しげに見え、思わず目を逸《そ》らした。

＊　＊　＊

「煙《えん》ちゃんせんぱーい！」

有基《ゆもと》さんが大声で叫ぶ度に、抱えられている私はその腕の圧力に眉をひそめている。

しかも彼は走っているのだ。その振動と強い拘束、私はモフりとは違った苦行を強いられているかと錯覚する。

町を流れる川にかかる橋の上に、由布院さんの姿はあった。

しかし有基さんの声は、水量が多いのに川幅が狭く、曲がりくねっている川の水音にかき消され、由布院さんには届いていない。

私は案じる。

「由布院さん、聞こえていて聞こえないフリをしているのでしょうか」

その質問に有基さんは即答した。

「ギャグでスルーはしても、無視するよーな人じゃないよ」

いつもはアホだが、こういう時の有基さんはどこか凛々《りり》しくてドキリとさせられます……。

ドキリというのは、おかしな意味のドキリじゃないですけど、とも付け加え。

＊　＊　＊

色々と思い返し、あれは仕方なかった……と、思うことにした。

「なにしろヤツが額にとまってたんだからな」

口に出してからゾッとなる。そうだ、額に……。今は額に触れるとヒリヒリとした感覚が強い…が、記憶が蘇《よみがえ》ると、再び、あの乾いていて、ちょっとチクチクする感触がまざまざと蘇る。

「うえ…」

だが不思議と前の時のような、強烈な悪寒は襲ってはこなかった。

こんなことで仲間と仲違《なかたが》いしてしまった後味の悪さの方が、今は強くなってきている。

「なんだかなぁ」

先ほどつぶやいたソレとは、また違う意味のなんだかなぁ、だ。

その時だった。

「なんだかなぁ！」

すぐそばで、有基の声がした。

息を弾ませ、ふくれっ面で、両腕をくの字に折って手を腰にあて、プンプンのポーズをとっている有基は少年のように見え、かわいらしくさえ感じる。

当然そんな気持ちはひた隠し、平静を装い、口を開く。

「なんだ？」

うん、今の「なんだ」はいかにもいつもの俺的な感じだな。内心でひとり悦に入る。

まぁでも有基にとってはそんな微妙な小芝居などどうでもいいのだろう。もともと、そういった感情の機微は無いタイプだ。

一言で言えば、真っ白な有基。少年の小ズルさや悪戯心《いたずら》は持ち合わせていても、誰かを悪く思う感情は一切無いようだ。ネガティブに考えたり落ち込んだりするのは、一口かじったアイスを土埃《つちぼこり》の舞うグラウンドに落とした直後ぐらいだ。あの落ち込んだ姿も、小動物のようで面白かったな。

有基は強い光を湛《たた》えた瞳で、こっちをまっすぐに見ている。

「なんだじゃないっす！」

そして、不意に右手の拳を突きだした。

「なんだ…？」

つい同じことを聞き返す。

有基はグーにして握っていた掌《てのひら》をパッと広げる。

掌には、例のあの、カサコソ動く黒いアイツがチョコンと鎮座していた。

な!?

理解不能、理解不能！

次第に、脳からの伝達物質が各所に浸《し》みわたるように行きわたり、

「う、わ――――――！」

口を開けるだけ開き、子どものような叫び声をあげた。息が続くだけ叫んだあと、再び黒いアイツを見つめ、

「わ――――――！」

二度目の叫びで、それまでは死んだふりをしていた黒いアイツが、ついに有基の掌から、助走をつけて飛び立った。

有基の肩を越え、しばしボー然とその黒を眼《め》で追う。

やがて下水の隙間にでも入ったのだろうか、完全に俺の視界からは姿を消していた。

有基が真顔で叫んだ。

「煙ちゃん先輩の勝ちっす！」

「…………え？」

にわかには、有基が何を言わんとしているのか理解できない。

「勝ちって何が…？」

有基は揺るぎない瞳で言い放つ。

「煙ちゃん先輩はゴッキーに勝ったっす！　もう怖くないっす！」

「え？　俺、勝ったの？」

「勝ちっす。煙ちゃん先輩は逃げなくて、アイツは逃げたっす」

「はあ…」

逃げる間もなかったけどな。

……なるほど。俺はようやく、有基が意図せんとしようとしていることがわかった気がした。

もとはといえば、俺のGに対する内なる恐怖が招いた今回の騒動。

有基は本能的にそれを感じ取り、俺の恐怖心を取り払おうとしたのだろう。

「そういう解決？」

「これで怖いもんは無くなったっす。あとは仲直りっす」

「仲直り？」

「ウォンバットが、防衛部解散の危機だって心配してるっす」

有基の足下のウォンバットは小さな眉をハの字にしてしょぼくれていた。

「心配でした。すみません…」

「つか、解散していーのか？　出来るもんなの？」

「ダメです！」

「だからみんなと仲直りっす！」

自然と笑みが漏れる。

「ケンカしてねーよ。だいいち、仲直りとか小学生か」

「ケンカしたら仲直りっす！」

またしても腰に手をあてたポーズで、自信満々の主張だ。

「わーった。わーったから。大人げなかったよ」

「そうっす。ケンカはちびっこのすることとっす」

「お前、しないの？　ケンカ」

「しないっす。したことないっす」

きっぱりと言う。

その瞳に偽りはない。

「しなそうだな、有基は」

先ほどまでの鬱々とした気分がウソのようだ。心の中を曇らせていたものがかき消え、晴れやかな気分になる。

「不思議なやつだよ、お前は」

「不思議ちゃんは煙ちゃん先輩っす」

「なんでだよ?」

「背高くて脚長くて、おっさんみたいにかっけーのに、心はガキンチョみたいっす」

「お前に言われたくない」

「なんでっすか?」

「ガキンチョはお前だからだ。素手でつかむか、フツー? ありゃー野ザル系ガキンチョのすることだ。すげーだろ、オレ、手でつかめちゃうんだぜ、的な」

「じゃあ勝負するっすか? どっちが先に素手で捕まえられるか?」

「いや、いい」

「まだ怖いんスか? さっき勝ったのに」

「だから勝ち負けとかじゃなくてだね…」

やれやれとなる由布院だが、ふと晴れやかに笑む。

「ま。サンキューな。有基」

「お礼はアイスでいいっす」

「やっぱガキだな」

晴れ渡った夕暮れの空の下。

「ほら、これでちゃんと手を拭けよ」

真新しい除菌ティッシュの封を切って渡す。一枚引き抜いて、言われた通り丁寧に手を拭く有基を見つつ　今日、隣にいるのはアッシではないが、これもまたアリだな、と思った。

後ろを歩く、桃色ウォンバットがつぶやいた。

「やっぱり愛はいいものです」

——俺は、聞こえないふりをした。

第3章

愛の薫りとともに

最近、公園のベンチで過ごす時間が長くなった。まだ18なのに。余生をのんびり生きてるおじいさんみたいだ。

かろうじて手には教科書を持っているので学生らしさは出ているだろう。裏表紙には律儀に『3－C 鬼怒川《きぬがわ》熱史《あつし》』と入っていたことを思い出し、名前をさらしていたことに気付いて慌てて閉じて鞄《かばん》にしまう。

（いつもは教科書なんて開かないのに…）

そう、今日はいつもと違う。

（そっか、煙《えん》ちゃんがいないからだ。ベンチで過ごす時間が多くなったのは、煙ちゃんがベンチ好きだからだし…）

なんとなく、帰り道の途中「ちょっと寄ってくか」と喫茶店にでも寄るかのようにここに座って他愛《たあい》もないことを喋《しゃべ》るのが日課となっていた。両腕をまっすぐ水平に伸ばして置けるのもいいらしい。煙ちゃん手脚長いから、伸ばすの好きなんだよね。

一人でここにいるワケは、ここならば煙ちゃんがやって来るかもしれないと思っているからだ。

（さっきは、パニックだったとはいえ、なんで部室、出てきちゃったんだろ。すぐに戻れば良かったかな）

彼を部室に置いてきてしまったことが気になっている。

（てか、黒いアレ、やっぱり払ってあげるべきだったかな。あの、いつも飄々《ひょうひょう》としてる煙ちゃんが、涙目で助けてくれ…って言ってたのにな。でも、俺も苦手なんだよなぁ、アレ。たいがい苦手でしょ、茶バネだもんな。黒光りしてるし）

端整なマスクの秀才。物腰は穏やかで、調和を尊び、包容力もある、なんて言われるけど、俺だって怒ることもあるし、なんでも許容するほど博愛的でもない。

好き嫌いだってする。「ところてん」はどんなに勧められても絶対食べないし。食べられないわけじゃないけど、あの喉越しが受け付けられない。

折しも、好物であるカレーの匂いが漂ってきた。

（あ、良い匂い。ちょっとお腹空《なかす》いてきたかもしれない。煙ちゃんが一緒だったら食べに行ったのに。やっぱりちゃんと助けてあげれば良かったかな。俺が助ける姿勢を取っていたら、リュウやイオも手伝っていたかもしれない…）

反省モードになってきてしまった。

「だけど、さ」

一言つぶやいて、フッと笑む。

前に声に出さずに笑ったら「Sっぽいぞ」と言ったのは、やっぱり煙ちゃんだった。

（怯《おび》えてる煙ちゃん、ちょっとツボったんだよな。普段見せない表情、あれ、可愛《かわい》かったな）

イオもポーカーフェイスだが、煙ちゃんの無表情はまた種類が違うように思う。何も考えていないからかな。それが体いっぱい拒否ってて、ちょっと涙目だったな。

悪いとは思いつつ、また思い出し笑いをしてしまう。

(やっぱりだいぶ可愛かったな)

今頃、煙ちゃん、どうしてるだろう。

「お詫《わ》びに、カレーに誘ったら来るかな」

煙ちゃんも、カレーは好物の部類だ。

(いじけて……いや、スネてて来ないかもしれない。……んー、スネてるっていうのもちょっと違うか。自分で自分に呆《あき》れてそうだな、煙ちゃんの場合。なんだかなぁとか言って。となると、やっぱり今はそっとしておいた方がいいかもしれない。明日また、飄々と隣に並んで来る時まで)

鬼怒川は、由布院《ゆふいん》の良き理解者だな、なんて教師に言われたこともある。間違っていないと思う。

逆も然《しか》り、なんだ。

俺は煙ちゃんが傍にいないと物足りなさを感じている。満ち足りていない。こういうの、片翼っていうのかな…。そこまで大袈裟《おおげさ》ではない気もするけど。

(その物足りなさでお腹も空いてきたのかな。でも一人で行く気にはなれないし、カレー屋さん。家で作るか。でも材料あったかかな。確か玉ねぎはあったから…)

思考が煙ちゃんのことからカレーの材料に方向転換すると、遠くから名前…愛称を呼ぶ声がした。

「アッシせんぱーい！」

声からして有基《ゆもと》と分かる、というレベルから、あっという間に駆けつけたその姿は見まごうことなき後輩・箱根《はこね》有基だ。少し後ろからは四足で走る、ウォンバットがやってくる。

「有基、どうかした？」

彼は走ることが好きだというだけあって、少しも息を切らせていない。足下の地球外生物は肩…全身でゼエゼエしているが。

「さっきまで、煙ちゃん先輩と一緒だったっす」

「あ、そうなんだ。どうだった、煙ちゃん」

「もうゴッキーは怖くなくなったみたいっす」

「え、そうなの？　それは良かった。この町、冬でも源泉のそばはあったかいし、ゴキブリにとっては極楽だからね」

「仲直りしなくていいっすか？」

「え、誰と？」

「煙ちゃん先輩とっす」

「ケンカしてないけど?」

「煙ちゃん先輩もそう言ってたっすけど」

「ならいいんじゃないかな」

と、やわらかく笑む。

有基は腑《ふ》に落ちない、という表情だが、

「んじゃ、仲直りはいいっすけど、アッシ先輩、寂しいんじゃないっすか?」

「……え?」

「さっき、そんな顔してたっす」

煙ちゃんのような飄々とした調子で有基は言った。

思わず、そんな有基の顔をしげしげと眺めてしまう。

(有基って不思議なやつだよな。なんも考えてなさそうで、下手すると、なんも感じてもいなさそうなのに、ドキッとすることを言う時がある……。バトルラヴァーズでバトルしてる時も思ってたけど、怪人に言う台詞《せりふ》がすごいし。めちゃくちゃなのに、ズバッと核心ついてる感じっていうか)

前々から有基に対しては、読み切れない不思議さがあった。

「じゃあ、今日は有基に付き合ってもらおうかな」

「どこにっすか?」

「どこでも。寂しげだったたんだよね、俺」

「そんな感じだったっす」

「有基は何したい？」

「アッシ先輩とー？」

ちょっと思案顔になる。

「んー？　あれー？」

考えても有基は何も思いつかずで。

「なんか、なんも思いつかないっす。なんでかなー？」

「なんでだろうね」

有基は、長いマツゲをパチパチさせながら、こちらの顔を見つめている。

「ひらめいたっす」

「何して遊ぶか？」

「いや、なんでなんも思いつかないかっす」

「ひらめくんだ。考えつくんじゃなくて」

「ひらめくっす」

「それで？　なんで俺と何したいか思いつかないのかな？」

「アッシ先輩が別に俺と遊びたくないからっすよ」

「え…？」

「やっぱりアツシ先輩は、煙ちゃん先輩がいいんすね」

「……」

驚いたな。的の中心を射られた気分だ。

（なんだろう、すごく負けた気分がするんだけど。このまま別れるのはちょっと惜しいな。面白いよ、有基って）

そっか、そうだ。今度は俺がひらめいた。

「有基さ、一緒にカレー作らない？」

「いっすね！　うち行きましょう！」

有基はぐるん、と腕を回して遠くを指さす。君の家、そっちじゃないけどね。そこは突っ込まないでおく。

「即答だね」

「アッシ先輩の作るカレー、うまそうっす！」

どちらからともなく歩き出した。

「そんなこだわりある方じゃないよ。家カレーは普通な感じが好みだし。普通がよくない？」

「普通がいいっす。うちの強羅《ごうら》あんちゃんが作るカレーは、なんか木の香りがするっす」

「レアだね、木の香りって」

「強羅あんちゃん、毎日薪《まき》割ってるから、強羅あんちゃんが木の匂いなのかもしれないっす」

「ふぅん。ますますレアだね、木の香りのするお兄さんとか」

「気のせいかもしれないっす」

存在を忘れ去られていたウォンバットが割って入ってきた。

「今のダジャレですか、有基さん!?」

「へ？」

「有基はダジャレとか言うキャラじゃないんじゃない？」

「それもそうですね。偶然ですか」

「偶然じゃないかな」

「そうだ、アツシ先輩、前から聞こうと思ってたっすけど、変身の時に言う、あの台詞」

「台詞？」

「うん」

有基は俺の担当ポーズをとりながら
「ツラヌキ王子、バトラヴァ・エピナール！」

と、(どこかにあるかもしれない) カメラ目線を決めた。

有基が言うと、恥ずかしさが軽減するなあ。やっぱり俺のキャラにはあってないんだと思う、この台詞。

「あ、うんうん。言ってるっていうか、言わされてるアレね」

「言わされてる？」

「あれ？　言わされてないの、有基は」

「ないっす」

「俺は言わされてる感じするなあ。ありありと。変身直前から、軽く何かに体乗っ取られてる気分だし」

「ほう、そんな感じなのですか」

ウォンバットが反応した。

「うん、だいぶ」

「誰に乗っ取られてる感じなんスか？」

「……そうだなぁ。大いなる力に、みたいな」

「わかんないっす」

「私にはわかります。それこそが愛！　愛の力です」

もっと詳しく教えてください、とウォンバットが前のめりになる。この桃色の愛への探究心はかなりしつこい。

「で？　あの台詞が何？」

「ツラヌキってなんかカッコ良いっす！　今度、俺のととっかえっこしませんか？」

「ダ、ダメです！」

俺が反応する間もなくウォンバットが激しく拒否をした。

「有基さん、アナタはアナタの『キラメキ』を何だと思っているんですか!? アナタが『キラメキ王子』であるのと同じように、鬼怒川さんの『ツラヌキ』…ひゃっ、はひゃっ、や、やめてくださっひっ」

じゃれ合う有基とウォンバットを横目で眺める。仲良いなあ。一方的っぽいけど。

そうだ、今はお腹がすいているんだってば。

「で、有基、何カレー作る？」

「……鬼怒川さんて案外冷たいですよね……」

「え、そう？」

有基は嬉々《きき》としてこちらを見上げ、本日のメニューを宣言した。

「なんでもカレーがいいっす！」

「なんでもカレー？」

「冷蔵庫の中にあるものいろいろ入れて」

「あー、そういう意味でなんでもなんだ」

「毎回味が違ってうまいっす」

「それ普通じゃないよね…。ま、でも今日はそれでいこうか」

「はいっす！」

カレーより愛を語りませんか、と足下から懇願されたが、今日のところは遠慮しておくよ。

＊　＊　＊

「強羅あんちゃん！　今日はアツシ先輩とカレー作る！」

パカン！　という乾いた小気味良い音をあげながら、薪割りをしていた有基の兄・強羅さんが振り返る。

「良かったな。有基」

「うん！」

くるり…。再び強羅さんは薪割り台の方を向き、新たな玉木を手に取った。

大柄で、筋肉質な背中。自分に足りないものだと実感し、まじまじと見てしまう。うらやましい体形だ。

「どうしたんすか？」

「いや、お兄さん、無口だよね」

「え、そうっすか？」

「話してるとこ、ほとんど見たことなかったから」

「寝てる時が一番よくしゃべってるっす」

「それ、しゃべってるって言うんだ。寝言だよね？」

「寝言で一番しゃべるっす。すごくいい事言ってくれたりして、俺、嬉《うれ》しくて泣いちゃったこともあるっすよ」

「ふぅん。面白いね」

「や、面白い話じゃなくていい話っす」

「じゃなくてお兄さんが」

＊　＊　＊

エプロン姿で台所に立つ。

ステンレスと木目のシンク、給湯器は窓枠につけられるタイプだ。うちはかなり前にこの型が古くなって替えた記憶があるが、ここでは絶賛現役活躍中。床はビニールクロス。これって裸足《はだし》で歩くとぺたぺたするんだよね。小さなダイニングテーブルには調味料やら湯のみを入れる、小さなプラスチックボックスが定位置に置かれている。

昭和の香りが漂うレトロな、まさに台所といった室内だ。

「有基のエプロン、フリル付きなんだ」

「母ちゃんのお古っす」

「あ、そういえば有基のご両親て……」

「アッシ先輩は強羅あんちゃんのエプロンでいっすか？」

「あ、うん、ありがとう」

有基からエプロンを受け取り、考える。

（ビミョーに、親の話には触れて欲しくないのかな。銭湯でも一度も見かけたことないし。いろいろあるのかもな、有基の家）

そんな気遣いをするも、たぶん、有基は聞いてなかっただけっぽい。

するとし、所在なさげに突っ立っているウォンバットが、短い手を挙げ、

「あの、私は何をお手伝いすればよろしいでしょう？」

有基はニマッと笑み、

「お前は食後のデザートだ！　モフスイーツ！」

「え……」

ドン引くウォンバットの顔色を楽しむかのように有基はモフスイーツが何たるかを語りつづける。それも束の間《つかのま》、冷蔵庫を開けて何かを見つけると意識はそちらに向かい、鼻歌を歌う。

次々と材料を冷蔵庫から出し、俺に手渡しながら。

「わからない…。有基さんがわからない…。瞳の奥が凛々《りり》しく光る時もあるのに…。ことモフ

が絡むと人が変わるような…」

　ブッブッと何か言いながら、ウォンバットがそっと台所からフェードアウトしていく。

　俺は敢えてその背中は視界に入っていないふりをし、有基から受け取ったワカメをそっと冷蔵庫に戻した。

＊　＊　＊

　母屋から漂うカレーの香りは、銭湯の番台にも届くらしい。

「うちがカレーの日って、風呂場もカレー臭になるんスよ」

「カレー臭って」

「いい香りしてきたっすね」

「うん。今日はかまぼこが案外主張して、魚介風味のカレーだね」

「うまそうっす！」

「煙ちゃん、好きなんだよな。シーフードカレー」

　そうつぶやくと、有基が顔をのぞき込んできた。

「……なに？」

「いっぱいあるし、持ってったらどうすか？」

「え……」

「あ、つか、風呂入りにくればいーのに。煙ちゃん先輩」

「……そうだね。誘ってみるよ。今日ぐらいそっとしておこうと思ったけど、シーフードカレーなら喜んで来る気がする」

　一口、味見をしてみる。

　うん、煙ちゃん、この味絶対好きだ。

＊　＊　＊

　台所から逃げてきて間もなく。

　薪割りを続ける強羅さんの傍らの小さな段差に腰かけた私は、今日一日の疲れを感じずにはいられなかった。

　有基さんのモフだけでもつらいのに、解散とか言うし、やたらと走り回るし、挙げ句モフスイーツってなんですか。私だって、食後はゆっくりしたいんですよ。

　でも…。

　防衛部のために走る有基さんは素晴らしかった。あの真剣なまなざしを私は反芻《はんすう》していた。

　私はこの気持ちを共有したかったのだろうか。

斧《おの》を振り上げる強羅さんに、心の中で声をかけた。

(強羅お兄さん、どういう育て方をしたんだなどと思ってすみません。多少の不満はありますが、それでも有基さんは愛の人です。素晴らしい人です。今日は仲間の愛をつなげる、キューピッドみたいな動きしているんですよ)

そう、天からの使者のようでした、と私は心の中で続けようとしたのだが、次の瞬間、どういうわけか、強羅さんがギロリ…と私を見据えた。

その瞳の奥には、有基さんと同じ光が宿っている。

私は慌てた。

(この人、私の心の声が聞こえているのか？　そんなバカな…。でもなぜ、振り向いたのだろう…？)

するとと強羅さんは静かに言った。

「有基は有基だ」

「え……」

(やっぱり聞こえているのか？　弟はキューピッドでも天からの使者でもなく、有基だ…と言いたいのだろうか。心が読めるのか…？　わからない…。この人がわからない…。でも、強羅お兄さんの瞳の奥にも、確かにあの光が…。箱根家特有のものなのだろうか…)

そして、再び、夕飯の後のモフモフタイムを思い、私は深い吐息をもらした。

第4章

愛の居場所

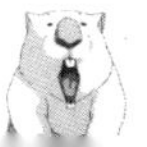

かすかに硫黄の香りが漂う夕暮れの町。

夜に向かい人通りが少なくなると、その温泉の香りは強くなり、流れが緩やかになる。温泉地でありながら大きな観光街ではない眉難の情緒の一部である。

今は遠い生まれた星も愛しているが、私はこの町も、故郷と同じくらい愛し始めているようだ。


その風景の一片のように有基《ゆもと》さんと私は走っていた。

有基さんは走りながら時たま自分の腕や髪の匂いを嗅いでいる。先ほどまで鬼怒川《きぬがわ》さんと一緒に作り、大急ぎでたいらげてきたシーフード、いや、かまぼこカレーの匂いがしみついているのだ。それが温泉の香りと絡み合っているのが気になるらしい。

嫌がっているのではなく、

「この匂い、カレーに温泉卵乗せた時の匂いみたい。そういや、今日はまだ食ってないな、温泉卵」

と、俄然《がぜん》ポジティブである。

由布院《ゆふいん》さんにも会えた。鬼怒川さんとも話せた。

「あとはリュウ先輩とイオ先輩見つけて、仲直りさせるだけだ。でも、あの人たち、どこにいるんだ?」

私は走るのに精いっぱいで答えることができない。有基さんの大きな独り言になっている。早く見つけないと、私の体力の限界が近い。

蔵王《ざおう》さんと鳴子《なるこ》さんは全く違うタイプであるのに、どういうわけか仲が良い。

基本、蔵王さんの頭の中は女がらみの案件でいっぱいで、毎日デートで大忙し。鳴子さんは趣味がコスパの計算、趣味の域を超えた株価とFXのチェックに余念がない。

放課後を一緒に遊んでいるという話は聞いたこともない。そこに共通点は見いだせないのだが、なぜだか一緒にいるのだ。お互いを認めているようなところもある。

「やっぱ、ひとりひとり探さないとダメか。イオ先輩は家にいそうだけど、家知らないや。リュウ先輩に聞くしかないな。けど、リュウ先輩、どこにいるんだ？　女の人と一緒だろうから、女の人が喜びそーなトコとか？　ウォンバット、それってどこ？」

急に話しかけられるが息が上がっていて答えることができない。

有基さんは答えが返ってこないことを気にすることもなく走り続けた。

「ゆ、有基さぁ…ん！」

ようやく有基さんが振り返る。

私は足を止め、息を整えた。

「おう！」

これは「オレの胸に飛び込んで来い！」ということなのだろうか。私に向かって両手を広げている。

「や、やめてください、そういうの。公衆の面前で」

「何がだよ？　別に道ばたでモフろうとしたわけじゃないぞ？　お前桃色で目立つから、俺のシャツの中に隠してやろうとしただけだぞ？」

「ホントですか…？　ホントに隠してくれようとしただけですか？」

「……………うっそー」

言うやいなや有基さんが覆《おお》い被《かぶ》さってきた。

「うり、うり、うり〜〜〜。ここか？　ここがキモチいーのか？」

「やめてくださいっ、やめてっ」

夕暮れの町の、両側に家々がひしめく路上にて、モフられまくる私。のんびりと、手押し車を押しながら、買い物帰りのおばあさんが行き過ぎていく。

何ごともなかったかのように通り過ぎていくが、おばあさんの目に、私たちはどう映っているのだろう。有基さんのことは、桃色のぬいぐるみを羽交い締めにし、くすぐったり話しかけたりしているちょっと変わった高校生——みたいに映っているのだろうか。というか、私はぬいぐるみに見えているのだろうか。それよりも、有基さんはだいぶイタイ子に見えていないだろうか。

日々、愛のために率先して戦ってくれ、今日も防衛部のメンバーを仲直りさせてくれようと奔走してくれるようなイイ人だけに、イタイ子に見えていたら残念だ。

今痛いのは私の心だが。

本当に有基さんて、このモフ好きさえなければ、これほど心が純白で、まっすぐな人はいないと思うのだが。重ね重ね残念だ。

「ちょ、ちょっと、有基さん！　蔵王さんと鳴子さんを探さなくていいんですか!?　こんなことをしに表に飛び出してきたわけじゃないでしょう!?」

「だって、どこ探せばいいかわかんなくね？」

「だからってこんなことに時間をかけているのは無意味です！」

すると、ふいに有基さんが園児のようなふくれっ面になる。

「なんだよ、その言い方。モフは無意味じゃないぞ。仲いー証《あかし》じゃん。でも、もーいい」

そう言って、有基さんは背を向け歩き出す。

「………」

私はしばし呆然《ぼうぜん》と立ち尽くした。

(な、なんでしょう、このショックな感じは……っ。好きな人とケンカ別れして取り残された的な……。って、いやいや、私、ワルくないでしょ！　どう考えてもこんな道ばたで青モフしてくる人が間違ってるでしょ！　そうですよ、絶対！)

だが……ややして私は駆け出した。

こうしてひとり残されている状況に堪えきれず。

「有基さん、ちょっと待ってくださいよ！　蔵王さんたち、私も一緒に探しますって！　目は二つより、四つの方がいいに決まってますし！」

するると有基さんは体ごとくるりと振り返る。

「なにそれ、目が四つって」

「二人で探した方が早く見つかるんじゃないかって言ってるんです」

ニマッといたずらげに笑む有基さん。

「つか、お前、やっぱ俺といたいんじゃん？」

「…………く」

なんか、ものすごく悔しい。

＊　　＊　　＊

その味は確かに、苺《いちご》やキャラメル、チョコレートやバターしょうゆ、そして定番の塩であった。これが今、口の中で一緒になり、同化し、同調し、何味を味わっているかという表現はし難《がた》くなっている。

「リュウ、カレー味も食べなよ。さっきから甘いのばっかで口の中甘ったるいでしょ」

「あーん」

「蔵王クン、塩味もおいしいよ」

「あーん」

「リュウちゃん、私のも食べて！」

「あーん」

　ここは、ありとあらゆる味を取りそろえたポップコーン店。今月開店したばかりで、店の売りが「フルーツポップコーン」というので気になっていた。店内に入ってメニューを確認した俺は、顔には出さなかったがちょっとショックを受けていた。

　さくらんぼ味がない。

　まあ予想はしてたんだけどね。さくらんぼって、有名だし高級だし人気もあるのに、こういう加工食品？　二次食品？　にはなりにくいんだよ。分かってる分かってる…ちぇ。

「リュウ？　コーヒー飲む？」

　右側の子がコーヒーを渡してくれた。この子は…なんていったかな、ユミちゃん？　ユウミちゃん？

　彼女たちは、眉難高校の近くにある女子高校の二年生。

　四人がけの丸テーブルで、左右正面から「あーん」の最中だ。

基本、女子の勧めも誘いも断らない。それが俺のモットーだ。それゆえに、気づくとデートの場が、ダブルにもトリプルにもブッキングされていて、当日慌てることも少なくない。でも、どの子も彼女というわけではないので、なんとなく許されている。

「一緒にあそぼーぜ」

そんな一言と、チョイ悪ガキ的なキメ笑顔で。

ちなみに、ダブルブッキングよりトリプルブッキングの方が好きだ。

なぜなら、ダブルブッキングだと、運が悪いと女子同士が険悪となり、場が暗くなることがあるからだ。しかし、トリプルブッキングの場合たいがいは、

「え、なになに？」

「日にち、かぶってたのー？」

「マジで？　ありえねー」

とか、いろいろ言いつつ、女子たちがキレることは少ない。みんな、他の二人の出方を見つつ、自分だけマジモードでキレたりしたらヒカれるかも……あるいは、ウザいやつに見えてしまうかも……という意識が働くようだ。ちょっと違うかもしれないが、『蔵王立《りゅう》』というダメなオトコに引っかかってる状況を、同じ境遇の者同士で、いっそ楽しんでしまえという感じなのかもしれない。

トリプルブッキングの女子三人が、三者同様に押し黙ってしまったという経験は、これまで

になかった。だから、どうせ失礼なことをしてしまうなら、ダブルブッキングよりトリプルブッキングの方が都合がいい、そう思うことにしている。

そんなわけで、今日も女子高生三名に囲まれているのだ。

一方で、当の女子たちはそれなりに複雑で、張り合っていないこともない。

今日の女子高生たちは、そこそこ賢い女子たちで、「自分なりの価値観」というものを持っているようだ。

三人とも内心では、自分が一番リュウに合ってる……リュウのことをわかってる……と思っているのが見て取れる。

なのでさっきから俺は、苺だのキャラメルだのチョコだの、それぞれが勧めてくるポップコーンを次々と食べなければならない状況にいるのだ。

ひとりが、

「この店の一押しはやっぱキャラメルかな」

と言えば、別なひとりが、

「えー、激ウマは苺っしょ」

と言い、もうひとりは、

「キャラメルでも苺でも、二対一の割合で、定番の塩と同時に食べるのがベスト」

と、それぞれに好みとポリシーを主張する。

俺は主義を通し、どれも、

「お～」

と受け入れる。べつにウソを言っているワケではない。本当に、どれもそれなりにうまいし、どれが劣っているとも思わない。むしろ、一種類に絞ってしまうほうがもったいないような気がしていたが、さすがにもう二時間近く、ありとあらゆる味のポップコーンを食べ続けることに飽きてきていた。だいいち腹がパンパンだ。

「つまるところ、リュウは女好きですが、ある程度のところで飽きてしまうタイプですね」

ふと、前にイオにそんなことを言われたのを思い出した。

（当たってるような当たってないような。つか、今日は晩飯食えねぇな。イオが萬牛軒の限定牛丼食べたいとか言ってたけど、明日だな…）

いつの頃からか、女子とデートをした後に、締めはイオと……という生活を送っている。

（なんでだっけ？）

自分でもよくわかっていない。

女の子たちの会話は相変わらず続いていたが、頭には入ってこなかった。口にはポップコーン、手にはウーロン茶とともに、ダラダラと時間は過ぎて行った。

（やべ、マジで腹膨れてきたぜ…。こんなに大量に食うもんじゃねえな、ポップコーンて。ゲフ…）

などとなりながらも、その場を去る気にならないのは、やっぱり例の、アノ、防衛部での騒動が関係していた。

しかし虫一匹でなんであんな険悪になったんだろう？　意味がわからない。

自分も勢いで部室を出てきてしまったが、正直、イヤではあるが、飛び上がって慌てふためくほどの拒絶反応はない。まあ由布院先輩の立場だったら…分からなくもないが。しかもいつも由布院先輩の味方な鬼怒川先輩が逃げたし、イオまでいつになく慌てて、「ちょっ」とか言いながら出ていったので、自分もつられて部屋を飛び出したんだよなぁ。

そして、「イオ、どーするよ？」と話しかけようとしたら、携帯のアラームが鳴り、今日は女子高生チームとこのポップコーン屋に行く約束を思い出したのだ。

（なんなんだ。さしてやる気もない部活をやってやってんのに、そこでおかしなトラブルに巻き込まれ、なんで俺がこんな気分にならなきゃなんねんだよ！）

ちょっと腹が立ってきた。俺はモメ事やトラブルが極めて嫌いだ。軽い、調子がいいと言われてもいい。モメるのよりはマシだと思っている。

それと、良く考えて答えを出す……ということが苦手だ。それなのに今、ポップコーンを食べながらも『防衛部での騒動の時、自分もつい部屋を出てきてしまったが、ほかに何かやりようがあったんじゃ？』そんなことを思ってしまうのが面倒でならない。

（実は、気にしいか？　俺…）

そう思うのさえ面倒だ。

そんな時、今日のように女子高生たちといるのは楽だった。そこそこ賢いやつらなので、こっちが考えなくても色々勝手に決めてくれる。話題を振りまかなくても、勝手に振って落としてくれる。

(ラクだ。なんか気分がモヤッとしてっから、女子ウケする話とか考えるのもメンドーだし。でもこいつらは勝手にしゃべってくれるし、話もそこそこおもしれーし。何より、俺といると楽しそうだしな)

完全俺様ガキ高校生と言われようとも、その自覚はないので気にすることもない。

(それにしても、だ。いい加減、ポップコーン地獄からは抜け出したい…。腹も膨れすぎて、キャラメルポップコーンの甘ったるい匂いもうんざり…)

カランカラン
店のドアベルが鳴った。

「いらっしゃ…いませ…」

さっきまで威勢のよかった店員の声が詰まる。珍客でも来たのか？

「リュウ先輩、みーっけ！」

「有基…」

珍客、には間違いないようだ。

店員だけでなく、店内にいた客全員も視線は有基に向かっている。いや、有基の「腹」だ。体形は華奢《きゃしゃ》なのに、そのシャツは風船を丸ごと覆ったように膨れており、シャツの隙間からは桃色のふかふかしたものが出ている。

その不自然な体形のまま、彼は両手を左右に広げ、にこやかにこちらを向いている。効果音をつけるなら「バーーーン」だな。

ヤツ（ウォンバット）を隠したかったんだろうが、他に方法はなかったのか？

ニコニコとしながら俺の座るテーブルにまっすぐに向かってくる有基。（あの人の知り合いなんだ…）という心の声があちこちから聞こえてきそうだ。有基が一歩歩く度に、その腹は奇妙な揺れを起こしている。

「おま、ヘンだぞ、腹」

最初にかける言葉を選びきれず、見たままの感想しか出てこなかった。しかも、噛《か》んだ。

「へ？」

有基がキョトンと首をかしげる。

三人の女子高生は「かわいー！」「後輩？」「女の子っぽいって言われない？」などと、有基に興味を示しだした。

（……面白くねえ。腹んとこはいいのか？　可愛《かわい》ければ何でも許されるのか？）

女子たちとのポップコーンデートは食傷気味だと言うのに、ましてや女子の注目が自分以外に移るのは面白くない。それが俺。

「行こうぜ、有基」

「へ？」

女子たちと、また次の約束をテキトーにかわし、蔵王は有基を連れだって店を出た。もちろん、姿が見えなくなるまで、店内の視線を受けたまま。

＊　＊　＊

さっさと店から遠ざかる。有基はしばし黙ってそれに続いていたが、やがて口を開く。

「リュウ先輩、どこ行くっすか？」

「べつに」

本当に、べつに行くあてはなかった。ただ、デートにも飽きてきた頃に、タイミングよく有基が現れ、帰るきっかけができただけだった。

だが、こうして二人になってみると、あのあと防衛部がどうなったのか、あらためて気になってきた。少しは気になっていただけに。

そしてふと、ついさっき有基が「リュウ先輩、みーっけ」と言っていたのを思い出す。

「そういや、お前、俺のこと探してた？」

探していなければ、「みーっけ」とは言わないはずだ。

すると有基も思い出したかのように、少し怒ったように大きくうなずく。

「探してたっす。当たり前じゃないっすか」

「は？　なんで当たり前？」

「ケンカしたら仲直り。当たり前のことっす」

「は？　誰がケンカしたんだよ」

「防衛部のみんなっす」

「いやいや、俺ケンカとかくだらねーこととしてねーし。さっきのことなら、由布院先輩がガラにもなく虫にビビって騒いだだけの話だろ」

「そうっすけど、仲間がビビってたら助けなきゃダメじゃないっすか」

「ダメなのか？　ビビってたっつっても虫にだぞ？」

「怖いもんは人それぞれっす。煙《えん》ちゃん先輩にとっては、ゴッキーは最強怖い相手だったんす。もう克服したっすけど」

「は？　克服？　なんだよ、それ」

「とにかく、仲間は助け合うのが一番す。だからもう仲直りするっす」

「だからケンカしてねーって」

「でもバラバラになってるっす。いつもなら部活終えて、怪人が出ても出なくても、みんなでじゃないっすか」

のんびり歩いて帰って、うちの風呂寄って。腰に手ぇあてて牛乳飲んで。いつも一緒にいた

「たまたま家の方向が一緒だからだろ」

「ちがうっす。一緒にいるのが好きだからっす」

「……言い切ったよ、こいつ」

とは言いつつも、有基の言葉にハッとなっていた。

(確かにな…。イオとはもちろん、由布院先輩も鬼怒川先輩も、一緒にいて飽きねんだよな。面倒って思ったことねえし。あ、怪人倒すのは面倒だけどな。それに……)

と、有基をあらためて見やる。

変わらず腹はぽっこりしている。たまに自らの腹をさするように、そのはみ出した桃毛を小さくモフっている。ウォンバット、寝てんのか？　あんなにモフられるのを嫌がっていたくせに。そう思うと笑いがこみあげてきた。

(有基といると結構笑える。こいつがウォンバット襲うのとか、マジでウケるし。毎日見てても飽きねんだよな。女子だと、二日続けて同じメンバーと会ってらんねーのに)

「――で？　俺にどーしろと？　べつに仲直りしようってワケじゃないけど一応」

「風呂入るっす！」

「風呂？」

「仲直りは風呂が一番す」

「だから仲直りとか、そもそも仲違《なかたが》いしてねえって」

「それでもいいっす。俺も、リュウ先輩はケンカとかしない気がするんで」

「だろ？」

「うっす。じゃ、先に黒玉湯行っててください。俺、イオ先輩呼んで来るっす」

言うやいなや駆け出していく。

「おい、イオんち知ってんのか？」

「あ！　知らないっす」

「おいおい…」

俺は有基にイオんちの場所を説明した。「交番を背に信号を渡れ」とか「自動販売機が三つ並んでるところを左に曲がれ」とか。

「ふん、ふん、…分かったっす！」

「ホントかよ！」

「ゴールはレンガの建物…」

眼《め》をつぶって人差指を右、左、と動かして復習しているが…まぁ狭い町だ。なんとかなるだろう。

「お前、イオの部屋見たらびっくりすんぞ」

「なんでっすか?」

「……ま、見てのお楽しみってことで」

有基とイオの会話を想像すると、なんだか楽しくなってきた。

(究極噛み合わねんだろうな、有基とイオ。イオの顔が引きつんのが目に見えてる。由布院先輩と鬼怒川先輩に見せてやりてえ)

有基の出現により、なんだか気分がすっきりしていた。さっきまでモヤモヤ胸やけしていたのは、ポップコーンが甘すぎたせいだけでもないらしい。

有基の言うとおり、あんなグダグダな部活でも、別れ際が気まずいと気になるんだな。

すでに陽の沈んだ温泉街に吹く風を、心地良く頬に受けながら、俺は黒玉湯へと向かった。

第5章

愛、苦しく儚きもの

まず、有基《ゆもと》さんは口をあんぐりと開け、興奮していた。

「わあー」と言いながら両手でシャツの裾を握りしめたため、有基さんのシャツの中にいた私はボテッと床に落ちた。その衝撃は痛くはなかったのだが、先程うっかり有基さんの腹の上でうつらうつらしてしまい、どうやら寝違えたようで首が痛い。

「なんすか、これ？」

有基さんの眼前に広がる光景は、およそ高校二年の男子の部屋のそれではなかった。

家族と暮らす有基さんや由布院《ゆふいん》さんたちと違い、鳴子《なるこ》さんが一人暮らしをしているとしても、だ。

「なんか、すごすぎるっす。イオ先輩、悪いこととかしてないっすよね？」

そう有基さんに言わせるほど、その部屋は、金目のものばかりだった。といっても、足首まで埋まりそうな絨毯《じゅうたん》や、獣の剥製《はくせい》、金ぴかの額縁に飾られた絵画が飾ってあるわけじゃない。

そっち系の金目ではなく、言うなれば近未来系という感じだろうか。

「NASA？　NASAっぽくないすか、ココ？」

確かに、壁一面の最新式のモニターには世界各国の株価が表示されていて、その右手の電光掲示板には、東京株式市場も真っ青なリアルタイムの株価の動きが。目まぐるしく変わる数字という数字。随所に配置されたスピーカーからは、英語をメインに、ありとあらゆる国の言語が飛び交い、株式の変動を伝えている。

私も思わず目をみはった。

「これが、この星の最新鋭ならば、なかなかどうして…」

「すみません、今、億単位の金を動かしてるのでお構いできませんが、その辺にかけててください」

いつもの通り丁寧すぎる口調で鳴子さんは言った。いくつものモニターが並ぶデスクに向かっているのでその表情は分からない。

「鳴子硫黄《いお》、投資と運用が趣味の17歳、血液型はA型とまでは存じていましたが……この暮らしぶりは、もはや趣味の域を超えていますね…。世界を動かす勢いじゃありませんか、鳴子さん！」

素晴らしい才能、稀有《けう》な人材です。私もすっかり興奮気味だ。

「すげー！　SF映画みたいっす。宇宙船の中みたいっす」

有基さんも嬉々《きき》として体ごと回りながら部屋を見渡している。

「……そのコメントは的確さに欠けているように思いますが、有基さんが驚く気持ちはわかります。この私でさえ、ここまでしている個人投資家がいたことに驚きが隠せません」

すると、突如、一部のPCのアラートが鳴り響く。PCは、五十畳ほどの部屋の中に、数十台配置されているのだが、どこからか一部が鳴り響いている。

「なんすかなんすか!?」

「エマージェンシーですか!?」

驚きも合わさり、さらに私と有基さんの声は大きくなる。

すると鳴子さんは、モニターから目を離して私たちの方に振り向いた。

「大損失という名のエマージェンシーです」

「え、損しちゃったっすか？」

「億単位で!?」

鳴子さんは淡々と、

「いえ、そんなまさか。七万七千円の損失です」

と答えた。

『え…っ』

私と有基さんは同時に仰天の声を上げる。しかし、まったく違う意味で。

「七万七千円て……それまたビミョウな……」

それが私の感想である。一方で有基さんは……。

「七万七千円て、やベー！　死ぬ！　強羅《ごうら》あんちゃんならショック死する！」

そう騒いでいる。

億単位の金額を動かしながら、七万七千円の損失を大損害とする鳴子さんという人はいったい……。

（わかりません…。有基さんも強羅お兄さんもわかりませんが、この鳴子さんという人のこともわからない…。この星はわからない人だらけです…）

そして、鳴子さんは立ち上がり、大きく伸びをした。

（あ、今の動きはちょっとヒトっぽかった……安心しました）

「で？　私に用とは？」

鳴子さんはいつも用件のみを、自分のペースで話す。饒舌《じょうぜつ》に会話するのは蔵王《ざおう》さんとだけで、それも金が絡んでいない時は時間を気にしながら話す。時は金なりを、本来のことわざとは違った意味で実践しているタイプだ。

なので、「私に用とは？」と問いかけたら、二秒以内に答えが欲しいと思っている。そういう顔をして、我々は見つめられている。

（あ、早くお答えしなければ。なぜ私たちがここへやって来たのかという、そのワケを）

私は鳴子さんの内心を理解し、それに答えようとした。が、問いかけた当の本人、有基さんはまだ部屋に対する興味が冷めていないようで、、チョロチョロとあちこちを見学し回っている。

「すげーこのテレビ薄っ、ピカピカ！　え、これパソコンなの？　小さっ。どの画面も数字ばっかだけど、それがまたSFっぽくてかっこいいっすね！」

疑問符をつけてはいるがその答えが欲しいわけではない。ただただ、面白がっているのだ。

口に出して、この風景を楽しんでいる。

一通り部屋を周回した有基さんは、嬉々として鳴子さんを見やり、

「イオ先輩、この部屋、ゴッキーいなそうっすよね？」

と言い放った。

鳴子さんは、少しだけ、ほんの少しだけ眉をひそめた。有基さんには分からなかったかもしれない。

鳴子さんは、有基さんのこういうところが苦手なのだろう。苦手というのは大変広義であり、鳴子さんが有基さんを苦手とするのは、好き嫌いの問題ではない。好きか嫌いかと言われれば、好きの部類に入っていると取れる。

「苦手だ」という空気が発せられたのを私は見逃さなかった。

常に鳴子さんの予想外の角度から迫る有基さんに、どう対処していいのかわからないのだ。自然と、有基さんの質問に対しては、鳴子さんならざるタイムラグが生じている。会話のキャッチボールでさえ無駄を嫌う鳴子さんだが、有基さんの質問、語りかけにはどう答えていいかわからない。もっと言うと、何を聞かれているのかさえ、わからないことがあった。そんな場面を私は多々目撃している。

それでもようやく有基さんの台詞《せりふ》を咀嚼《そしゃく》して、鳴子さんは答える。

「この部屋に害虫がいなそうと言うのは、まずキッチンがなく、ここで食事を取っている感じ

がないからでしょうか？　そして、有基がその思考にいたったのは、今日の放課後、防衛部で起こったあの害虫騒動に端を発していると考えていいですか？」

「いっすよ、なんでも。ただ、いなそーだなって思っただけっすから」

鳴子さんは、「うっ」とひるんだ顔をした。これも、非常に微弱な変化だったので、有基さんは気付いていないだろう。

（こういうところなんです……。私が有基を苦手とする最大の部分は。なんでもいっすって……。ただ思っただけって……。ではなぜ私に意見、あるいは同意を求めるような話し方を彼はするのか……。わからない……激しく動揺させられる……。彼のことが嫌いでないだけに……彼のピュアさを認めているだけに……。しかし、私は相手に対して私なりのベストな回答を用意したいと考えるだけに……有基との会話は、正直疲れます……。金を払っても避けたいところです。二人だけの会話は……）

そんな鳴子さんの気持ちなどつゆ知らず、有基さんは精密そうな機器類に触れている。

「パソコン…俺、こんなに一度にパソコン見たの、電気屋さん以外で初めてっす。あ！　このテレビうちのお昼寝座布団と同じくらいあるっす！」

鳴子さんには、そんな有基さんにかける言葉が見つからないようで沈黙を通している。

「…………」

そんな鳴子さんの内心を察し、私が有基さんをうながす。

「有基さん、お話があって来たんですよね？　鳴子さんに」

「あ、そうだ！　イオ先輩、風呂行きましょう」

「それは黒玉湯のことですか？」

「そうっす」

「であれば、今日は自宅で済ませます。別のフロアの部屋には、風呂もキッチンもありますから」

「じゃなくて、みんなで風呂入るんす」

「いや、だから今日は……」

「今日だからこそ、みんなで入るっす」

「……それはなぜです？　防衛部の害虫騒動が関係しているのですか？」

ちょっと面倒になったのか、言い方にトゲを感じる。

だが有基さんはそんな風に感じることもなく、なおも笑顔で、皆に言ってきたのと同じことを言う。

「ケンカしたら仲直りっす」

「……私はケンカなどしていません……と言っても無駄でしょうね」

有基さんはすでに聞いておらず、今度はモニター裏の配線に興味を示しだした。新しいおもちゃを与えられた幼い少年のように、丸く大きな瞳を輝かせ。

「すげー。マジですげー！　よく間違えないでつながってるな！」

（意味がわからない……そう思ったのは、私、ウォンバットだけじゃなく、鳴子さんも同じなはず。でもなんでしょうねぇ。有基さんが言う電気だらけの意味が、ちょっとだけわかる気もするんですよ。そこが有基さんのスゴいところなんですよねぇ）

　有基さんが口にすることは、正直、ほとんど意味をなしていない。だが、その謎の言葉の裏に、どこか有基さんらしさを感じ、わかる気がしてしまう。

「はぁ…」

　鳴子さんは嘆息する。だが、不思議とイヤな感情はないようで、少し笑っていた。

　すると、有基さんがそんな鳴子さんの顔をのぞき込む。

　長身の体をスウェーバックするように、背筋を反らし、鳴子さんが問う。

「な、なんですか？」

「イオ先輩、疲れてるっす」

「はい、有基がここへ来て、どっと疲れました」

　だが有基さんはそれも聞いていないのか、にこにこしたまま、だが自信たっぷりに言うのだった。

「愛がないからっすよ、この部屋に」

「……はい？」

鳴子さんには珍しくキョトンとなる。

有基さんはさらに自信たっぷりに言ってのける。

「先輩がこの部屋で疲れるのは、愛がないからっす。防衛部の部室にいる時は、ため息なんかついてないっす」

「……はぁ」

もう何が何だか…と思いつつ、鳴子さんはつい口にする。

「愛…とは、必要なものですか？」

「……へ？」

今度は有基さんがキョトンとなる。

「必要？　イオ先輩、そんなこと聞いちゃうっすか？」

「え……」

「必要とか必要じゃないとか、愛はそういうもんじゃないっすよね？」

呆《あき》れている風でもなく、説諭している風でもなく、有基さんはごく自然にそう問いかける。

まさに、愛を信じて疑わない、天使のように。

鳴子さんは観念したかのように、「そうですね」とつぶやいた。

そして上着を手に取ると、有基さんに向き直る。

「今、この場を離れるのは、数百万の損失が見込まれます。でも私は行くことにします」

「っしゃあ！　これで全員集合っす！」

有基さんは弾《はじ》ける笑顔でガッツポーズをとった。

鳴子さんは何も言わずにパソコンのキーをいくつか叩《たた》く。それが彼の外出準備なのだろう。

玄関を出るまで、有基さんはこの秘密基地を後にするのがちょっと残念…と思っていたことを、私は知っている。

第6章

復活せよ、
バトルラヴァーズ

温泉街の裏路地。どこからともなく吹いてくる生暖かい風を頬に受け、有基《ゆもと》さんは満足げにスキップしていた。

「やったぜ！　イオ先輩も黒玉湯に向かったし、これで防衛部、黒玉湯に全員集合だ！」

そんな有基さんの懐で、私の表情は怪訝《けげん》だった。

「──で、有基さん、あなたはどこに向かってるんです？」

今度は有基さんが怪訝な顔で私を見下ろす。

「お前、何言ってんの？　パトロールに決まってるだろ」

「パトロール？」

「お前～、知らなかったのか？　俺、バトルラヴァーズになってから、毎日、夜はパトロールしてんだぞ」

「え……」

「なんの都合か知らないけどさ、今まで運良く怪人て学校に現れただろ？」

「現れましたね、都合よく……」

「でもさ、ホントはそんなはずないじゃん？　一丁目にも二丁目にも、旅館の中にだって、怪人は出たっておかしくないだろ？」

「おかしくないですね」

「思うんだけどさ、怪人はきっと現れてんだよ、いろんなトコに。たまたまラブレスアラートが鳴らないだけで」

「ラブレスアラートの受信範囲に制限、あるいは受信不備があるかもしれないと？」

「それは良くわかんないけどっ」

これが有基さんの怖いところです。さらりと核心を突く…。確かに、いくら私の星の技術が高機能であっても完璧であるとは言い切れない。

「そう…かもしれません」

私は考え込んでしまった。

「だったら言って回りたいじゃん。愛にビビんなって」

「愛にビビるな…」

「そーだ。愛にはいろんなパワーがあるから、泣かされることもあるけど、結局愛しか助けてくれないんだ」

「はい、それはもう…」

深くうなずき、そして私は有基さんをまじまじと見た。

（真理をわかっているのか、この人は……。いや、そんな哲学めいた理屈っぽいことを理解するような人じゃない。きっと……そう、きっと有基さんは、『愛について魂で知っているのだ』。DNAレベルで……。そして、本来、生き物というものは、そうだったはずなのだ。愛を疑う赤ん坊がいないように、愛を求め、愛を送るシステムは、本来、魂レベルに刻まれている。だが、経験を重ねるうちに、ある者は愛を恐れ、愛を疎んじ、愛を拒むようになる……。それも仕方のないことかもしれない。いろいろある世の中ゆえに……。だからこそ、今一度、愛の偉大さを伝えたい……だからこそ、バトルラヴァーズは結成された。そして、こんな有基さんだからこそ、私は彼に強く惹《ひ》かれるのかもしれない……。モフモフはイヤだが、それ以上に余りある力で、有基さんに引き寄せられる……）

突然、有基さんが驚いたような声をあげた。

「あっれ。温泉卵割られてんじゃん！」

「は？　温泉卵？」

「ひでー…」

有基さんがちょっぴり寂しげな視線を送る先には、湧き出る源泉を利用した温泉卵の販売ブースがあった。

ブースといっても、細々と湯が湧き出ている源泉に、籠が浮かべられていて、『五十円です。ご自由にどうぞ』という貼り紙がしてある無人の温泉卵売り場だ。温泉街の宿などが、玄関前で、よくサービスでやっているアレである。

有基さんはなおも、湯の中で割られた温泉卵の残骸を、残念そうに見つめている。殻を鈍器で殴られたことがありありとわかる壊れ方。どの卵の殻も、中央部分がペシャン…と無残に潰されている。白身が湯に溶け出たため、白濁した源泉は、よりいっそう強い香りを放っている。

「俺さー、ガキの頃、よく温泉卵盗んで食ってたんだよな」

「はい……」

「でもある日、腹は減ってなくてさ、なんかつい、石で殻をカチ割ったことあって。一個割ったら止まらなくなって、何個も何個も割りまくったんだ。一個も食わずにだぞ」

「……なぜそんなことを？」

「わかんない。覚えてない。でもあん時、なんかゾッとしたんだ。勝手に食うよりひでーって。ホント、なんであんなことしたのかは覚えてないのに……イヤなことしちゃったってことだけはしっかり覚えてんだよな」

「はい……」

「これ割ったやつ、きっと今モヤモヤしてんぞ。この濁った湯みたいに、心の中が、モヤモヤーって」

「……でしょうね、そう思います」

「っし！　絶対見つけるぞ！　卵カチ割り怪人を！」

「有基さんは、この卵を割った犯人は、怪人だとお考えなんですか？」

「わかんねーけど……まだ怪人になってないかもしんないけど、このままじゃ怪人になっちゃう気がする。だから見つけて、愛のパワーをぶつけてみる！」

「ですね。私も一緒に探します」

今頃、黒玉湯に勢揃《せいぞろ》いした頃ではないか？　と、防衛部のみなさんのことが頭をよぎったが……すでに有基さんは駆け出していた。

＊　＊　＊

脱衣場の一角に設けられた休憩スペースに、有基以外の防衛部の面々がそろっていた。先ほど有基と俺が作ったカレーの香りが、ありありと香っている。

「すげえカレー臭っすね」

ごく自然にリュウが声をあげると、煙《えん》ちゃんがうなずく。

「シーフードカレーの匂いだな」

分かってくれた。さすが煙ちゃんだ。

「正確には、かまぼこカレーだよ、煙ちゃん」

「かまぼこ？」

「うん。有基と一緒に作ったんだけど、有基んちの冷蔵庫にあったもの適当に入れたら、かまぼこが立った」

「へえ。入れたことなかったなぁ、かまぼこ。白いの？　ピンクの？」

「そこ気になるっすか？」

リュウが笑う。正確には白×白と、ピンク×白、もっと詰めれば紅白か。

「いつも予想外の投げかけするっすよね、由布院《ゆふいん》先輩」

リュウの疑問ももっともだが、そういえば、覚えていない。

「あれ、かまぼこ、白だったかな、ピンクだったかな。それ以前に、カレーにかまぼこ入れるインパクトが先立って、どっちだったか忘れたよ」

すると、何やら考えていた様子のイオが唐突に一同を見る。

「カレーにかまぼこが入っているのは、そう珍しいことではないと思うのは私だけですか？」

「え？　よくあるの？　かまぼこカレー」

思わず聞き返す。

イオが、「ええ」と頷《うなず》いた。

「自宅作業中に、よく様々な蕎麦屋《そばや》のカレーを取るのですが、それにはかまぼこが入っている確率が高いです。ピンクも白も、どちらも見受けられますね」

その言葉に一同はハッとなる。

「そういや入ってんな、かまぼこ」

煙ちゃんがうなずく。

「入ってる入ってる！　イオの言う通り！」

リュウも興奮気味に目を輝かす。

「あー…そう言われてみると入ってるね。割と薄めに切ってあるのが」

俺も、やや遅れてイメージが出来た。

「そうそう、切ってあるな、縦長に」

深く納得した煙ちゃんは満足そうだ。

そんな一同の間に、放課後の部室での騒動のわだかまりはもうない。

カレーの香りと、かまぼことカレーの関係性が全てを払拭していた。

俺は、ほんの少し前に有基がカレーを作ろうと言い出したことを思い出した。

「ほんと、不思議なやつだよね、有基って」

結局のところ、みな、有基に引き寄せられるようにここに集まってきた。強制されるでもなく、最後は自分の意思で。誰もそうは言わないが、有基に引っぱられたなと。不思議と悪い気はしない。むしろ心地よさを感じている。

「――で、その有基は？」

全員の疑問を煙ちゃんが代弁した。

「私の自宅を出るところまでは一緒だったんですが、ちょっと寄るところがあると走っていってしまいました」

最後に有基と一緒にいたのはイオだったか。

「寄るとこ？　どこだそれ？」

リュウが首をひねる。

一同にもわからない。

すると、薪割《まきわ》りの斧《おの》を手に、ヌ……と強羅《ごうら》お兄さんが現れた。

「わ、強羅お兄さん」

煙ちゃんが控えめな驚きの声をあげる。

強羅さんは、何か重要なことでも言うように、そして、それをどことなく憂いているかのように、苦渋の表情で言う。

「有基なら、きっと、パトロールだ……」

『パトロール？』

全員の声がそろった。

「ああ。あいつは夜な夜な、そう言って出かけてる。なんのパトロールなのか……聞いたことはないが」

「え、なんで聞かないんすか？」

素朴な疑問をぶつけるリュウ。

「……」

強羅お兄さんは押し黙ってしまった。

「え、なんで？　なんか地雷だったっすか!?」

ワケがわからない。

強羅お兄さんは表情を変えず、小さくつぶやく。

「有基も……あの小さかった有基でも……俺に言えないことのひとつも持つ年頃になったってことだ……」

そう言って強羅お兄さんは一同に背を向けた。

（有基よ、それでいい…。いつかお前も独り立ちしなければならない。あんちゃんあんちゃんと俺の背を追いかけてばかりじゃダメなんだ…。そして俺は見守る。お前がどこへ突っ走っていこうとも、立派に成長してくれるだろうお前を信じて…）

強羅お兄さんは死ぬほど有基を愛しているようで、愛あればこそ、自由にさせてやろうと心に決めている…らしい。

「しっかりな有基……」

誰にでもなくそうつぶやく強羅お兄さんの背中はどこか悲しげで——。

俺を含め、防衛部の面々は、困惑しながらも、ああ、兄弟だな、と思っていたはずだ。

「ええと……強羅お兄さん、今なんでちょっとシリアスに？　背中が寂しげなのは気のせいか？」

煙ちゃんはわりとデリケートなところにも目が届く…こともある。

「雰囲気じゃないかな。雰囲気的に、ちょっとセンチな感じになっちゃったっていうか。だい

たい有基にヒミツとかないでしょ」

「ないすね」

「ないでしょうね」

「つまりどっちかっていうと、強羅お兄さんがひとりで、そういうセンチなモードに入ったってわけか」

「それだけ有基のことがかわいくて仕方ないいんじゃないかな？」

「あー、それわかるっす。強羅お兄さん、昔から相当有基のことかわいがってたし」

「親代わりみたいな気分なのでしょうか」

「そんな感じじゃないかな。まぁ、待とうか、有基を」

「つか、先に風呂入るっすか？」

ヘアバンドを直しながら、リュウが俺に問いかけた。

「煙ちゃん、どうする？」

「そうだなぁ、でももうちょっと待つか」

「ですね」

日々、一分一秒を争うＦＸの世界に身を投じているイオも、素直に煙ちゃんに同意した。反対する者は誰もいない。

＊　　＊　　＊

　有基さんはなおも走っている。

「おーい、かいじーん。どこだー、どこにいるー？」

　例の、温泉卵かち割り犯を探しているのだ。

　だが、のんびりまったりした見た目ではあるが、細かいところが気になる私は、すぐに有基さんに注意を促した。

「有基さん、まだ怪人と化したかどうかはわかりませんし、かいじーん！　と呼びかけるのはいかがなものかと」

「え、そうか？」

「第一、かいじーんと呼びかけられて、『はい』と素直に受け入れ、返事をするとは思えませんし。ここは呼びかけなしで探した方がベターではないでしょうか？」

「だってなんか声張りたいじゃん。必死に探してるんだし」

「ではせめて、おーい！　ぐらいにしてはいかがです？」

「わかったよ、細かいやつだな」

　言うやいなや有基さんは私にかぶりつき、激しくモフモフするのだった。

「この口か！　この口がうっさいこと言うのか！　うらうらうら！」

「ひっ、ひいいいいいっ！　誰かっ、誰か助けてっ！」

私は腹の底から声を振り絞り、モフから逃れるべく、助けを求めた。

その時だった。

「あの、どうかしましたか？」

小さな木槌《きづち》を手にした小柄な眉難高校の生徒が声をかけてきた。

「げっ」

私は慌ててぬいぐるみのフリをして、パタンと脱力する。

生徒は有基さんと私を不思議そうに見る。

「あの、それ、なんですか？　生き物？」

「ウォンバットだよ、ウォンバット」

「……桃色なのに？」

「桃色のウォンバットだよ」

「……では、仮にそうであるとして、今さっき、そのウォンバットは人間の言葉をしゃべってませんでしたか？」

「しゃべってたよ。こいつ生きてるし」

「……いや。今は死んだフリをしているようですが、生きているのはわかります。動いてるのを見ましたから。でも……おかしいじゃないですか、たとえ生きているとしたって、ウォンバットが人間の言葉を話すなんて」

「おかしいのか？」

有基さんは逆に不思議そうに問う。

「おかしいでしょう！　ウォンバットは……というか、動物はしゃべりませんよ、普通！」

「普通はな。でも、しゃべるウォンバットがいたってよくね？」

「……いいかどうかはおいておいて、普通じゃないことは確かですよね!?」

生徒は少々興奮している。

（なんなんだ、コイツ……しゃべるウォンバットが不思議じゃないのか!?　フツーに受け入れてんのかよ!?　意味わかんねえ……）

すると有基さんは「まあな…普通ではないか」と、生徒の主張を受け入れた。

「たしかに俺も、最初に会った時は『なんだこれ!?』って思ったよ。動物なのにしゃべってるし！　って。でも、ま、いいかなって思えた」

「なんでですか!?　なんで、ま、いいかなって思えたんです!?」

「ん～。だってこいつかわいいじゃん。俺、こいつのこと大好きだから」

「大好きだと、動物が言葉を話しても平気なんですか!?　すぐ受け入れちゃうんですか!?」

「悪いのか？」

「だから悪いとか悪くないとかって問題じゃなくっ！　動物が言葉を話すことを、もっと重要視すべきでは!? と言ってるんです！」

「そうかぁ？ 一番大事なのは『好き』ってことだと思うぞ？」

「…………なぜ」

生徒はやや絶句気味に問い返す。

「そりゃ、ウォンバットが桃色してて、言葉までしゃべるのは変わってるとは思うけど、俺、こいつが好きだから、それでもいいかなって思うんだよな。一緒にいたいって」

「…………で？」

「で、一緒にいるうちに、どんどん仲良くなるじゃん？ 話してても楽しいし。そうなると、ますます桃色なこととか、人間の言葉を話すこととか、どうでもよくなってきたんだよなー。ま、もし、なんで桃色なんだ？ とか、なんでお前人間の言葉話せんの？ とか、気になったら普通に聞くよ」

「普通は、そこから気になるものなんじゃないですか!? 違いますか!? 僕間違ってます!?」

生徒は引き下がらない。

あまりにもその顔が必死なので、有基さんも考えてしまっている。

「うーん……俺の場合、『好き』って思ったら、もうそれだけになっちゃって、それ以外のことは気になんねーけど……。そうあらためて言われると、たしかに不思議だよな。毛が桃色とか、言葉をしゃべるとか」

「ですよね!?」

「でも、それ含め、好きだぞ？　つーか、そういう変わってるとこ、特に好きだぞ？　おもしれーじゃん。かわいーし」

そう言って、有基さんは天使のような笑顔を見せた。

「な……っ……」

生徒はわからなくなっている。

自分の中の価値観と、この天使のように笑う人の価値観は、あまりにかけ離れているに違いない。理解の範疇《はんちゅう》を超えている気がする。

でも……。

（なんだ？　この感じ？　納得しかけてるっていうか……。好きだったら、相手のヘンテコなところも許せる…みたいなことなのか？　いや、コイツ、あのウォンバットがヘンとも思ってないよな、真剣に。あんなヘンテコなのに……。なんだよ、僕まで、桃色で人語を話すウォンバットのことが、まぁいいか的な気分になってきたじゃないか。………いやいやいや、でも絶対おかしいって！　普通じゃない！　普通じゃないって！　……でも、普通じゃないからなんなんだ？　好きと思っちゃいけないのか？　というか、好きと思っちゃいけないって思う時点で、もう好きってことだから……ん？　ワケわかんなくなってきたぞ。なんなんだ、コイツ……）

生徒の激しい動揺が伝わる。

自分で自分の頭の中が整理できないのだろう。

すると有基さんは、屈託無くにこっと笑って言うのだ。

「ま、お前はこいつをヘンだと思ってもいーぞ？　俺はこいつをヘンて思わないし、かわいーって思うのは変わんねーし」

「……はぁ」

＊　＊　＊

私、ウォンバットは、死んだフリ、いや、ぬいぐるみのフリをしながら、そんな有基さんと青年の会話をジッと聞いていた。微動だにせず。息をひそめ。そして、胸、いや、お腹《なか》の真ん中らへんがホンワカしてくる感覚を味わっていた。

（なんでしょう……なんなのです？　このホンワカといろんなところがあったまる、こそばゆい感覚は。地球に降り立ち、どういうわけか、私は桃色の毛を具《そな》えたウォンバットになった。高度な頭脳と知識を要しながら、この星でいうところのウォンバットに似ているというだけで、桃色なのにもかかわらず、ウォンバットと呼ばれるようになってしまった。でも、それも、まぁいいでしょう…ぐらいに思ってましたが、慣れとは本当に怖いものです。けれど、接するのは防衛部のみなさんだけなので、これで良しとしている次第で…。でも、そんな私を、有基さんは案外深く想《おも》ってくれている……。なんのてらいもなく、『好き』という言葉で私を表現してくれる……。なんでしょうねえ。ありがたいというか、なんか、嬉《うれ》しいです、私。そりゃ、何度も言いますが、有基さんは困ったところもたくさんあって、連日に渡るモフモフ攻撃などはその最たるものではあるのですが……。それも私のことを『好き』と思ってくれているからなようですね……。であれば仕方ないですね……。同志よ。私は、この星で有基さんと出会い、好かれたことが、どうやら嬉しいみたいです)

私が有基さんへの思いを反芻《はんすう》していると。

有基さんはふと、目の前で固まっている男子生徒が手にしている木槌に気づく。

「あれ？　お前、それって……」

「ぎくっ」

実際、生徒が口にした言葉は「はっ」だったが、明らかに生徒は「ぎくっ」となった。「ぎくっ」という言葉を発したように感じるほどに。

「トンカチ？」

有基さんが彼の手元に近づく。

「え、ええ、そうですよ？　正確には木槌ですけど……」

生徒は、今さら木槌を隠しようもないと腹を決め、努めて平然と答えた。

（だ、大丈夫だ…。木槌を手にしているのを見られたからって、僕があちこちの温泉卵を割りまくってる、卵割り犯だってことがバレるはずない。木槌を手に、ちょいと散歩に出た高校生男子にしか見えないはずだ。よくあることだ。よくある……）

すると有基さんは、単刀直入にこう聞いた。

「お前、木槌持って散歩してたの？」

これ幸いと生徒は大きくうなずく。

有基さん、この人あやしくないですか!?

（ほら、やっぱり。僕はただ、木槌を片手に、散歩をしているだけの高校生……）

「そうですよ。手ぶらっていうのもナンだし、木槌ぐらいが持つのには丁度いいかなと」

そんな生徒を有基さんはつぶらな瞳で、じ――っと見つめる。

何かを考えているのか、長いマツゲをパチパチさせて、瞬きを繰り返しながら。

生徒の顔色は明らかに先ほどとは変わっていた。

（な、なんだろう、この間は……。なに考えてるんだろう、コイツ……。まさか……僕が、この木槌で卵をカチ割ってるとか思ってるのか!?　そう想像してる間なのか、この間は!?）

有基さんはなおも生徒の顔を見つめている。

やや
やして、ようやく口を開いた。

「お前、それで温泉卵、割ったのか？」

直球だった。

生徒は言葉は発せず、口をめいっぱい開いた。

(直球でキター――！　うわうわ、コイツ、わかってんじゃん！　バレてんじゃん！　僕が卵カチ割ってるって！)

唇を小さく震わせながら生徒は有基さんから眼《め》をそらせずにいる。

長くないマツゲは、パチパチという音を鳴らすことはないが、まとまらない思考と焦りと緊張で、したくもない瞬きを繰り返す。

(なんと答えるべきか。なんか、「割りました」って言っちゃいたい気がするっ。もういっそ！　なんかよくわかんないけどムシャクシャして……温泉卵は大好きだけど、カチ割ってやりたい気分になって。一個割ったら止まらなくなって……。気持ちよかったわけじゃない。この温泉卵を食べようとしていたやつめ、ザマアミロ、そんな気持ちもなかった。ただ……ただムシャクシャしていた。それだけだった。ほんの少しあるとすれば、何かを傷つけたかった。そんな気がする……)

有基さんは生徒の答えを待っているのか、黙って生徒を見つめている。

(見てる…。ずっと見てる…。べつに軽蔑する風でもなく、疑ってる風でもなく。ただ、僕が卵を割ったかどうか聞きたいだけ、という顔で。……ああ、言ってしまいたい。もう言ってしまいたい。コイツになら、言ってしまいたい……)

だが、どういうわけか、生徒が発した言葉は、内心の吐露ではなかった。

「なんだよ！　割っちゃ悪いのか!?　卵食べる時、みんな割るだろ、殻ぐらい！」

開き直った。

「悪いかよ!?　温泉卵のひとつやふたつ割ったぐらい、なんだってんだよ！　だいたい、防犯カメラもつけず、店の前に『お金払ってくれればご自由にどうぞ』的な感じで置いてあるのが悪いんだろ!?　あれじゃ何されたって文句言えないって！　置いてあるんだから！　店番もいないところに野ざらしで！」

生徒はそんなことを一気にまくしたてた。

肩で息をするほどに。

(本当は、ムシャクシャしていたから割ったのに。それなのに、温泉卵の管理者が悪いかのように言ってしまった。そういうシステム自体に不備があり、自分が割ったことに罪はないはずだ。もっと言うと、そんなことをどの旅館もやっている、温泉街自体がどうかしていて、さらに言うならば、この社会がどうかしているんだ)

有基さんはまだ、顔色ひとつ変えずに生徒を見つめている。

そして何かを感じ取ったのか、二、三度パチパチと瞬きをして、言ったのだった。

「とにかくムシャクシャしてたんだな」

責める風でもなく、諭す風でもなく、ただ生徒の本心を言い当てた。

ことさら情感溢《あふ》れる言い方ではなかったが、妙に生徒の心に寄り添う言葉だった。

「…………」

生徒は返す言葉を失った。

＊　＊　＊

町の中心部に位置する、ひときわ豪奢《ごうしゃ》な温泉宿。その門前は少し坂になっており、全貌ではないが、軽く町を見下ろすことができる。

ここに、我々眉難高校生徒会の面々は参じていた。

私はいつものように、

「あれは興味深い」

と、冷ややかに言葉を発する。

「うん、なんかやってくれそうなヤツだよね」

生徒会長である私・草津《くさつ》錦史郎《きんしろう》（18）に同意したのは、副会長の有馬《ありま》燻《いぶし》（18）。有馬の眼差《まなざ》しは幾分か温かみがあるが、私に対しては的確な助言をする俊秀な参謀だ。

「でもなんか、彼、イタそうじゃないですか？」

冷たいというよりも、あからさまにイヤそうな顔をし、それを払拭するかのように手鏡で自分の顔を眺め始めたのは、我々の一年後輩であり、書記係の下呂阿古哉《げろあこや》（17）。

我々が見つめる先にいるのは、小さめの木槌を手に、ホテルの玄関の一角に設けられた『温泉卵販売ブース』の前に立ち尽くしている眉難高校の生徒だ。

生徒は、「く…」「くぅ…っ」と、何度も湯の中の温泉卵に木槌を振り下ろそうとしては躊躇《ちゅうちょ》し、思い切れないでいるらしい。

「錦史郎、あれ、やると思う？」

有馬が指を差す。

「やらないのなら、やらせてしまうまで。そして、あの木槌が濡《ぬ》れているのを見ると、すでにどこかでやってきたとも考えられる。だが、こんなことを続けていいのか、いけないのではないか、今やめなければ一生やめられないかもしれない、そんな風に、ない知恵で考えているのが容易に想像できる」

「やりたきゃやればいいのに。小さいやつですね」

阿古哉の辛辣さは止まらない。

「でも、そういう素養のある子ってことは、僕たちにとっては大事な逸材だよね」

ほんの少し、有馬が悪い顔をした。

その生徒を観察して十分もたっただろうか。どこからともなく「かーいじーん」という声が

する。

「げ…ふわふわ頭だ」

阿古哉が嫌そうな声を出した。ふわふわ頭…我が校一年の箱根《はこね》とかいう生徒か。

箱根はターゲットである学生と何やら話を始めたようだ。

「あいつ、なんか…邪魔だな」

有馬が呟《つぶや》いた。

すると、どこからともなく、低く、地の底から響くような声がする。

「さぁ、愛に傷ついた青年よ。好きなだけ温泉卵を割るが良いの……ダー。ひとりで出来ないのなら……カエルラ・アダマスの諸君……力を貸してやるの……ダー」

その声の主は、妖しく瞳を光らせる私の制服の胸元にうごめく、黄緑色の物体だ。

私は声に従うように、ゆっくりとうなずく。

「仰せのままに……ズンダー様」

「うむ」

黄緑色の物体が、わずかに胸元から顔をのぞかせた。

どこから見ても、ナゾの黄緑色のハリネズミ。彼こそが、我々の力を見出《みいだ》した「征服部＝カエルラ・アダマス」の司令官である。

「コンクエスト！」

右手の人差指のオーアイトリングが輝き、黄金に光るスクエアの結晶に包まれた私は、ズンダー様に与えられた真の姿に変身した。

「光輝く黄金の騎士《シュヴァリエ》、オーアイト！」

有馬、阿古哉も私に続く。

「風薫る白銀の騎士《シュヴァリエ》、アージェント！」

「花咲ける真珠の騎士《シュヴァリエ》、ペルライト！」

マントを翻す。

「我ら青き地球《ほし》を統べる者、カエルラ・アダマス！」

私の掌《てのひら》に乗られたズンダー様の指示が飛ぶ。

「さあ、ズンダーニードルを放つのダー」

ズンダー様の背中を覆った無数の針が波のように震えると、その一本が光の矢の如《ごと》く飛び出し天に上がる。

「アウルム！」

「アルゲントゥム！」

「ペルラ！」

ニードルは更なる光を帯びた。

『ドムヌ！』

三人の天声が響き、ズンダーニードルは輝く黄緑色の光線を描いて目標となる学生を目指す。

「ウッ……」

生徒は小さな悲鳴を上げた。

＊　＊　＊

（そうだ……僕、ムシャクシャしてたんだ……。眉難高校に入学したけど、特に楽しいこともなくて、友だちもできないし。勉強は中学の頃よりずっと難しくて、授業中、ちょっと気が緩んだだけで、もう何がなんだかわからなくなってて。親に話そうかとも思ったけど、親は親で忙しそうだし。だいたい高校生にもなって、学校がつまらないとか言えないだろ……。そんな風に悶々《もんもん》としてるうちに、だんだんムシャクシャしてきて……。そんな時、いつものように小遣いで温泉卵買ったら、手がすべって地面に落として。卵がベチャッと割れて……。なんかそれ見たら、ＭＡＸムカついて……。弱ぇんだよ、温泉卵！　アホか！　アホか！　って……。その日はゲンコツで、籠に残ってた温泉卵全部割って……。でも、次の日からは……木槌持って割ってた……。わざわざ風呂上がりにジャンパー着こんで割りに行ってた……）

突然、生徒はガクッと深くうつむいた。

すると、みるみるうちに『木槌形体』に変化していく。

「あ…っ」

有基さんは軽い悲鳴のような声をあげた。


私、ウォンバットはそれまでずっと死んだフリ、いや、地面に落ちたかわいそうなぬいぐるみのフリをしていた。だが、もう黙ってはいられなかった。

「有基さん、彼は怪人と化しています！」

飛び起きて、有基さんに訴えた。

有基さんは、ちょっぴり悲しげに顔をしかめ、でも、毅然《きぜん》と顔をあげた。

「愛が足りないせいだ！　お前のせいじゃない！」

その発言に、怪人は右の木槌を振り上げた。

「ダァ――――」

当たりはしなかったが、避けた勢いで有基さんはお尻から転がり、町の景観として植えられていた躑躅《つつじ》の繁《しげ》みの中へ消えていった。

「ワリワリ…ワリたい…」

完全なる、温泉卵の匂いがする『木槌怪人』に変身した彼と対峙《たいじ》しているのは…非力な私だけとなっていた。

「わ、私を叩《たた》いても割れませんよ！　醜く潰れるだけです！」

「ワリワリ…」

彼にもう声は届かない。

両木槌を振り上げ、脳天かち割りの体勢を取った。

私は…割られるのだろうか…。

「…!!」

その時、周囲が光であふれ、視界を失う。その眩《まばゆ》い光と共に、勇む声が響いた。

「キラメキ王子、バトラヴァ・スカーレット！」

まさに王子、ピンチに現れるヒーローの鑑《かがみ》。

木槌怪人も、振り上げた拳ならぬ木槌をそのままに、スカーレットの姿を凝視していた。

「待ってろ、愛を降り注いでやる！」

「だだだ黙れ、えらそうに！　誰がそんなこと頼んだよ！」

木槌怪人は、頭の木槌を武器に、スカーレットを攻撃する。

よせばいいのに、スカーレットは頭突きで応戦した。

「負けないぞ！　愛は負けない！」

だが、木槌対頭突きでは、結果は見えていた。

「……ッて――――!」

頭を抱え、よろめく。

すかさずそこに木槌怪人の第二撃が!

今度は後頭部に鋭い一撃!

「………ッて――――――!」

ついにスカーレットは地に伏せた。

それでも顔は木槌怪人を見上げていた。

おでこを木槌で打たれ、流血している。傷口から眉の林をすり抜け、目尻に到達した鮮血は
……まるでスカーレットのつぶらな瞳から流れる涙に見える。

「スカーレット…っ」

私は思わず駆け寄った。

頭を強打されているので立ち上がろうとすると足下がふらついた。ああ、私の肩を貸せれば
いいのだが…。

「痛いのは俺のおでこじゃないぞ。お前の心だ」

膝に手を着きながら腰を上げ、再び木槌怪人と対峙した。

「温泉卵壊すぐらいなら、俺を殴れ! ムシャクシャしてるなら、それですっきりしろ!」

木槌怪人は、どういうわけか唸《うな》った。

「うるさい！　言われなくても殴ってやるよ！　僕に命令するなあああ！」

ゴン……ゴオン……という、鈍い音が二度三度響き、スカーレットはまたしても頭を殴られた。

本当に殴らせる気でいる……私はそう思った。

本当にこの人は、木槌怪人のムシャクシャした感じを、すっきりさせてやろうと思っているのだ。

愛だ。

でも、こう何度も殴られては身が持たない。

咄嗟《とっさ》に私は踵《きびす》を返し、駆け出した。

スカーレットひとりで抱えるには、あまりにも深く、暗い、ムシャクシャの溝。

その溝を埋めるには、バトルラヴァーズ全員の愛の力が必要だと考えたのだ。

振り返らなくてもわかる。鈍い音が今なお背後で響いている。

（スカーレットが殴られてる…！　木槌怪人の悲しい木槌で…！）

＊　　＊　　＊

黒玉湯の休憩スペースに駆け込むと、そこには他の客の姿はなく防衛部のメンバーが部室の如く寛《くつろ》いでいた。

由布院さんは長椅子をベッドにうたた寝を。

鬼怒川《きぬがわ》さんは料理本を読んでいた。

蔵王《ざおう》さんは女子にメール。

鳴子《なるこ》さんは言うまでもなくFX中だった。

とにかく私は叫んだ。

「スカーレットが殴られてます……！　木槌怪人の悲しい木槌で……！」

「は？」

いち早く反応したのは蔵王さん。

「スカーレット…有基が？」

鬼怒川さんもすぐに料理本から顔をあげた。

「それは今ですか？　今すぐにと言う、急を要する案件ですか？」

鳴子さんはパッドに目を向けたまま聞いてくる。

「はいっ、今！　ナウです！　木槌怪人が出現したんです！」

すると、昼寝をしていた由布院さんがムクッと上半身を起こした。

「……行くか。風呂はその後だな」

とりわけノリノリというわけではないが、誰も反対する者はいなかった。

そして——

誰からともなく右腕を上げ——四人は同時に変身を遂げた。

「ヒラメキ王子、バトラヴァ・セルリアン！」

「ツラヌキ王子、バトラヴァ・エピナール！」

「トドロキ王子、バトラヴァ・サルファー！」

「トキメキ王子、バトラヴァ・ヴェスタ！」

「我ら愛の王位継承者！　バトルラヴァーズ！」

＊　＊　＊

私たちは、スカーレットと木槌怪人が愛にまみれた激闘を繰り広げる現場へと急行した。

「スカーレット、みなさんをお連れしました！」

私たちが駆けつけると、彼はまだ殴られ続けていた。

どれだけ木槌で打たれたのだろう。

かわいらしい顔は腫れ上がり、右目はアオタンに埋もれ、もはや眼球が視認できない。

「スカーレット!!!」

ヴェスタが激昂《げっこう》する。

「あれはひどい。かなり痛そうです」

サルファーも珍しく苦々しい表情になる。

「ずいぶん殴られたみたいだね。殴られたっていうより、殴らせた感じ？」

「ワケがありそうだな」

「うん」

みな、頷き合う。

スカーレットは歯を食いしばりすぎて、口の中を切っているのか、頬が腫れすぎて、口を開くと痛いのか、ただ無言でうなずいた。

何かを言おうとしているようだ。

「なんでしょう、なんと言いたいのですか!?」

私は思わず駆け寄った。

スカーレットは、苦しげに、それでも一生懸命、声を振り絞る。

「俺だけじゃ、愛が足りてない……みんな、頼むっす！」

実際、それだけの説明では何のことやらなのだが、仲間たちは理解をしたようだ。

「あの木槌アタマに愛のてんこもりをお見舞いすればいいんだな？」

「うっす！」

腫れ上がった顔で、にこっと笑む。

それはそれでかわいらしいと私は思った。

どうしようもなく痛々しくもありますが……。

「セルリアン・アクア！」

「エピナール・ハリケーン！」

「サルファー・ガイア！」

「ヴェスタ・イグニート！」

セルリアンから順に、木槌怪人に一撃を見舞う。

そんな木槌怪人を、かろうじて開いている左目で、スカーレットが見つめている。

痛々しい顔なのに、なぜか瞳は慈愛に満ちている。

そして意を決したかのようにスカーレットが動き、四人が後に続く。

「きらめけ愛のルミエール！」

「ひらめけ清冽《せいれつ》なるアクア！」

「つらぬけ雄々しきハリケーン！」

「とどろけ怒涛《どとう》のガイア！」

「ときめけ烈火のイグニート！」

五人がかざすラブステッキは宙を舞い、合体する。

合体して一本になったラブステッキは、当たり前のようにバトラヴァ・スカーレットの前に舞い降りてきた。

スカーレットはラブステッキを構え、

「ラブアタック！」

と叫ぶ。

ラブステッキから放たれたハート形の砲弾が木槌怪人をとらえた。

木槌怪人はハート形の爆発を受け、動きを止める。

＊　＊　＊

「チッ……」

「あーあ。ダメでしたね」

ペルライトが舌打ちをし、アージェントはため息交じりに吐き捨てた。

「申し訳ございません、ズンダー様」

ズンダー様は私の手の中で丸くなり、そのお顔を上げようとはしなかった。

「お怒りはごもっとも…次は必ず成果を上げて御覧に入れます」

返答はない。

「寝てるんじゃないですか？」

「失礼だぞ、ペルライト」

「さあ二人とも。帰って次の作戦でも立てようよ。おいしいお茶を淹《い》れるからさ」

アージェントの足は既に帰路へ向いていた。ペルライトもそれに続く。

ピクッとズンダー様の鼻先が手のひらをくすぐった。

「失敗あってこそ、勝利の美酒の味は格別となるのダー」

「おぉ…」

ズンダー様は聡明《そうめい》であり、且つお心が広い。故、我々はこの未知のずんだ餅色…黄緑色の御《お》方《かた》と共に、地球征服のためにこの身を捧《ささ》げることを誓ったのだ。

果たしてその名を「地球征服部＝カエルラ・アダマス」と名乗る。

＊　　＊　　＊

いつもなら浄化技である「ラブシャワー」が放たれるのに、スカーレットは技を出すかわりに、湯気の立つ温泉卵を木槌怪人に差し出した。

「半分こしようぜ」

その言葉に、感極まっている様子の木槌怪人。

「…………うん」

木槌怪人が、愛を受け入れた瞬間だった。

スカーレットは、木槌怪人から少し離れるとラブステッキをハート形に回し、木槌怪人に向けて浄化技を放った。

「ラブシャワー」

空から降りそそぐ無数のハートの雨に打たれて、木槌怪人は元の男子生徒の姿に戻った。

元に戻った男子生徒の顔はびしょ濡れだったが、愛を体現し、文字通り愛に包まれた幸せそうな顔だった。


まだ、手には木槌を持っている。彼はその木槌をしばらく見つめていた。

スカーレットは改めて男子生徒に近づくと、

「半分こ、な」

もう一度彼に向かって言った。

（自分は何をしていたのだろう。誰かと話をして…もやもやを言い当てられて…とても複雑な気持ちになったのは覚えている。でも今は違う…）

生徒は少し呆《ほう》けていた。でも、スカーレットの言葉に対して、小さく頷き返した。

「お前が割るか？」

にこにこしながらスカーレットが言う。

だが、男子生徒は首を横に振る。

「温泉卵割るのに木槌はいらない」

「そーだな」

スカーレットが笑いかける。

それまで木槌怪人だったのがウソのように、男子生徒も微笑を浮かべる。

かわいい笑顔だ。

まだ屈託ないとは言えないが、心から微笑《ほほえ》んでいる様子が見てとれる。

そして、彼は語りはじめた。

実は、割った卵の数を数えていたんだ、と。いったい、いくつ温泉卵をカチ割れば、このムシャクシャが晴れるのか……晴れてくれるのか。そんな思いで数えていたという。

「でも、心のどこかで、いくら数えたって、いくら壊したって、このムシャクシャが消えることはないってわかってた気がする……。だから……出口が見えなくて、ますますムシャクシャした。数えれば数えるほど、惨めで情けない気持ちになった……前に……温泉卵を食べた時に感じてた、幸せな気分は遠のいていったんだ……」

男子生徒は物静かにそう打ち明けた。

そんな男子生徒を、スカーレットはつぶらな瞳で見つめている。一目会った瞬間から、スカーレットの、有基さんのこの瞳は変わっていない。ずっと同じ、愛を湛《たた》えた瞳で生徒を見つめ続けている。

こんな感動的なシーンだが、残念ながら私の星の高度な科学技術によってバトルラヴァーズのプライバシーは守られており、男子生徒には「顔にモザイクのかかった、変な声でしゃべる人」としか認識してもらえていないのが残念ではある。

そしてスカーレットは言った。

「愛は数えるものじゃなくて感じるものだぞ」

その顔には、やはりいつもの天使の笑みを浮かべ。

かえすがえすも、プライバシー保護の為《ため》の高度な科学技術が悔やまれる。

セルリアン、エピナール、サルファー、ヴェスタはその様を黙って見守っていたが、彼らもまた顔にモザイクがかかっている。

セルリアンが口を開いた。

「なー、温泉卵半分こってこの場でできると思う？」

「俺も同じこと考えてた」

「ぶっちゃけ、俺もっす」

ヴェスタが言えば、サルファーもうなずく。

「はい、私も」

「物理的にどうなんだろうな？　パカッと割れねえし、温泉卵」

「白身がグダグダだからね」

「黄身もっすよ」

「やはり物理的には割れないと言っていいでしょうね。半分こして食べる食べ物としては最上級に難しいと言っても過言ではありません」

「だよね、そう思う」

「でもスカーレットは半分こしちゃうんだろうなぁ」

セルリアンがそう言うと、スカーレットは温泉卵の殻の上部を器用にはがし、チューチュー中身を吸い始めた。

「おー…」

見ていた四人が同時にうなった。

「そうきたか」

「まず先に半分吸って、残りをあの男子にあげるんだ」

「彼らしいですね」

「なんかエロくね？」

「そう思うのはあなただけとは言いませんが、ここで口に出してしまうところがあなたたる所以《ゆえん》ですね」

「エロいってこと？」

「まぁ、そう言えなくもありません」

恐らく皆同じ事を思っていただろう。口火はセルリアンが切った。

「なんか俺も温泉卵食いたくなった」

「あ、俺もかも」

「戻るか。黒玉湯へ」

「うん、戻ろう」

ヴェスタがスカーレットに呼びかけた。

「先、黒玉湯戻ってんぞ」

「うっす」

去っていく、四人。

彼らの中に、もう放課後の部室であった騒動の事を思い返す者はいない。そんなことは、とっくに遠い記憶の彼方《かなた》に追いやられていた。

愛は偉大だ。

どんな騒動も水に流してしまう力がある。

そして騒動前以上に、絆《きずな》を強固なものとする力さえ秘めている。

やはり、愛こそすべてなのだ。

私、ウォンバットは、そんなことを思っていた。

＊　＊　＊

スカーレットはこっそりと変身した元の場所で、変身を解いた。

変身が解けると、変身中のダメージも共に解かれ、先ほどの腫れあがった顔の痛々しさはない。その辺りの都合の善さは万全だ。しかしその前に受けたかすり傷は少し残っていて、滲《にじ》む程度ではあるが血が出ていた。

元の姿に戻った有基さんは、再度、男子生徒のところに戻った。

男子生徒に怪人と化した記憶はない。

だが、有基さんに温泉卵を割っていたことがバレ、殴り合いとなった結果、現状に至ると思っているようだ。コレもひとえに、私の星の高度な科学技術のなせる業である。

木槌怪人と化した眉難高校の男子生徒の名は、木槌海二《きづちかいじ》といった。

戻った有基さんが、改めて名前を聞いたのだ。

「じゃ、ガッコで会ったら、カイジって呼ぶな」

「え、学校？」

「その制服、眉難高校だろ？　俺は箱根有基。一年だぞ」

「同じ学校だったのか。知らなかった。会ったことなかったね」

「でも今会ったからラッキー」

「なんでラッキー？」

「は？　友だちできて、お前嬉しくないのか？」

「………」

友だちと言われ、カイジさんは胸がつまったようだ。

（つまらない、楽しくない、勉強は大変……そんな学校生活だけど、もう四六時中、下だけを見て、うつむいて過ごさなくてもいいんだ。それだけで、なんだか心が軽くなった気がする…）

友だちの一歩は踏み出した。

あとは、ゆっくり関係を育んでいければいい。

温泉卵のように、じっくり、コトコトと、生ぬるく。

手に持っていた温泉卵に気づくと、カイジさんはチューッと残りの温泉卵を一気に吸い、

「僕…ますます温泉卵が好きになった」

と殻を覗《のぞ》き込みながら彼は言った。そして、

「でも一日一個にしとかないとな、卵は」

とも言った。

「え、なんで？　俺は食いたいだけ食うぞ？」

「コレステロール過多になるよ」

「でも好きだし」

譲らない有基さん。

「有基くんは本当に『好き』が一番なんだね」


私も一瞬そう思ったが……よく考え、そうではないと気づいた。

一番も二番もない。

有基さんには『好き』しかないのだ。

そう、有基さんの体は『好き』でできていて、『好き』でいっぱいで、その言動には常に

『好き』が溢れているのだ。

第7章

一番風呂で

ひと仕事終えた一同が黒玉湯に戻ると、時刻はすでに二十三時を回っていた。

黒玉湯の閉店時間は過ぎていて、いつもはそこそこ賑《にぎ》わっている脱衣場にも休憩スペースにも、客たちの姿はない。

湯気で煙る洗い場に、強羅《ごうら》さんが黙々とデッキブラシをかけている。

無人の休憩スペースを見渡し、残念そうに由布院《ゆふいん》さんが言う。

「ありゃ、もう閉店か、結構長いことバトってたんだな」

鬼怒川《きぬがわ》さんもがっくりした様子でうなずいた。

「風呂、入りたかったね」

一方、蔵王《ざおう》さんは高くはないが形の良い鼻をヒクヒクとさせ、カレーの残り香を嗅ぎ取る。

「うん、まだしてるな、カレー臭。けど、なんだ？　カレーに混じって、なんかビミョーな匂いしてねえか？」

「してますね。なんでしょう、この匂い。薬草のような」

鳴子《なるこ》さんも、鼻筋の通った鼻をヒクつかせ、そう言った。

私のデカイ鼻にもその匂いは届いていた。カレーとは違うスパイスのような香り。決していやではないが、食欲をそそる感じではない。

そこへ、一足遅れて有基《ゆもと》さんが戻ってきた。

「これ、オトギリソウの匂いっす」

『おとぎりそう?』

声がそろった。

すると、ガラガラッと洗い場の扉が開き、立ちこめる湯気の中から強羅さんが姿を見せる。

「あ、強羅あんちゃん、ただいま!」

強羅さんは有基さんを見るなり、有無を言わさぬ鋭い眼光と口調で言う。

「……これ塗っておけ。風呂から上がったらすぐにだぞ」

そして、小瓶を有基さんに手渡した。

「すぐにだ。風呂上がりにすぐに塗れ」

「うん、わかった」

理由はわからないが、強羅あんちゃんがああいう顔で言う時は、言うことはきくものだと有基さんは思っている。

「夜更けだが一番風呂だ」

一番風呂、と聞いて全員の顔が輝いた。

「お、風呂入れるんですか、ありがたい」

「強羅お兄さん、すみません」

「いや……」

寡黙な強羅さんは、それだけ言うと薪割《まきわ》り場の方へと去っていく。

その背を見つめながら、有基さんはハッと気づくのだった。

「そうか！　兄ちゃん、俺が怪我《けが》してるからオトギリソウの軟膏《なんこう》作ってくれたのか！」

「……は？」

由布院さんがポカンとした顔で問いかける。

「怪我してるからオトギリソウ？　なんこう？」

意味がわからない。

「なんのこっちゃ。イオ、どういうこと？」

「え、私ですか？」

この場合いつも鬼怒川さんに問う由布院さんが、鳴子さんを指名した。

「どなたか通訳をお願いします」

わからないことはわからないと認める鳴子さん。当然わからないままにしておくのは苦手なので、有基さんの言葉の意味の解釈を他に委ねた。

すると本人、有基さんが笑顔を弾《はじ》けさせて言うのだった。

「俺、ちょっと怪我してるじゃないっすか。だから強羅あんちゃん、オトギリソウの軟膏を作ってくれたんだと思うっす」

「へぇ…」

由布院さんは生返事をした。

鳴子さんがしびれを切らしたように、小型のパッドに慣れた手つきで何やら打ち込み、スワイプする。

「ありました。オトギリソウとは、全国各地の日当たりのよい山野に生える多年草で、傷の出血や腫れを抑える効果がある。ちなみに、塗り薬として用いる分には効果はあるが、煎じた液体を飲むと皮膚炎を起こす場合がある……だそうです」

「あー、つまり、強羅お兄さんは、満身創痍《まんしんそうい》の有基のために、傷に効くオトギリソウの軟膏を作ってくれたってこと？」

「そうっす」

「んじゃ、このカレー臭にビミョーに混ざり合ってる匂いが、オトギリソウの臭いなのか？」

「い〜い臭いっすよね」

嬉《うれ》しそうに有基さんは言う。

「そうか？」

有基さん以外の全員が微妙な気分ではあったが、まぁそれはそれとして。

私、ウォンバットも、みなさんと一緒に、夜更けの一番風呂を浴びさせていただくことにした。

＊　＊　＊

黒玉湯の大浴場。といっても、さほど広くはないのがアットホームでいい味わいだ。

窓外からは、パン！　パコン！　と、強羅さんが薪を割る小気味良い音が響いてくる。

一同は、文字通りくつろいだ表情で、湯船に浸《つ》かっている。

いつもとちょっと違うのは、硫黄の香りに混じり、オトギリソウの匂いが漂っていることだ。

「オトギリソウか。硫黄とカレー臭も混じってるから、すごいことになってるな」

高い湯温を好む由布院さんは、湯の湧き出し口の最も近くで足を伸ばし、そんな感想をもらす。

「鼻をつくといえばつくんだけど、不思議とイヤな感じはしないね」

何ごとも適度がいいと思っている鬼怒川さんは、自分的に適温だと思っている湯船の真ん中辺りでくつろいでいる。

鳴子さんはいかなる場所でも、たいがい端の方にいる。

「学べば違いがわかるようになるのでしょうが、薬草というものは、たいがい似たような匂いに感じますね」

自由奔放な性格の蔵王さんは、その日の気分で、真ん中に陣取ってみたり、浴槽の壁にもたれたり、いろいろだ。

「俺は苦手だなぁ、この匂い。漢方薬とかもノーサンキュー」

「でも傷には効くっすよ」

と、有基さんが遅れてやって来た。

するると、ふと由布院さんがつぶやく。

「そういや、有基のお兄さん、なんでお前が怪我したってわかったんだろうな？」

「へ？」

「だって、怪我してるの知ってなきゃ、わざわざオトギリソウの軟膏なんて用意しなかったんじゃないか？」

「そういえばそうっすね」

「お客さんの誰かに聞いたんじゃね？　有基がおかしな怪人と戦ってたって」

私は、そんな蔵王さんの意見に異論を唱えた。

「いいえ、それだけはありえません。みなさんがバトルラヴァーズとして戦っている時の姿は、私の星の高度な科学技術により、顔にはこの星で言うところのモザイクが、声にはボイスチェンジャーがかかっており、皆さんの正体がばれる事は絶対にありません。あとは、怪人とか目撃者とかの記憶の修正をすこ――――しだけ」

「げ、お前そんなことしてたんだ」

由布院さんがちょっと驚いたように言う。

「それは記憶の操作ということになりますよね？　ずいぶん高度な科学技術を持っているのですね」

「それはもちろんです。私はありとあらゆるところが、この星のみなさんよりも高度かつ、進化しています」

「アツシ、今のちょっと感じ悪くなかったか？」

「ウォンバットにそういうつもりはなかったと思うけどね」

「桃色のウォンバットのくせに」

蔵王さん、色は関係ないと思いますが。

「私、なにか気に障ること言いましたでしょうか？」

「いや。で、強羅お兄さんは、なんで有基が怪我したってわかったんだっけ？」

由布院さんが話を戻す。

「や、だから、わかってなかったんじゃない？　今の話だと、わかるはずがないって結論だよね、ウォンバット？」

「そう思います」

「えー、んじゃ、なんでこのお湯用意したんだ？　わけわかんなくなってきたぞ」

全員が首をひねる。

「わけわかんなくなってきたね」

するると有基さんが揺るぎない瞳で言い放つ。

「強羅あんちゃんは、俺のこと、なんでもわかっちゃうんす」

「…………」

その自信満々の答えに反応できるものはおらず、一瞬沈黙が流れたが。

「そうなんだ。なんでもわかっちゃうんだ」

疑う様子でもなく鬼怒川さんが口火を切った。

「そうなんす。なんとなく学校に行きたくない朝とか、うだうだ寝てると、俺が苦手なクサヤ焼きはじめたり」

「……えーとクサヤって、あの強烈なアンモニア臭のする干物のことだよね？」

「そうっす。あれ焼かれると臭くて家の中にいられないから、仕方なく学校行くしかないんす」

「でもよ？　とりあえず家の中から避難するって意味で、公園とかでサボる手もあんじゃね？」

蔵王さん、自らの経験でしょうか。

「それもやったことあるっすけど、強羅あんちゃん、追いかけてきて、公園でもクサヤ焼き始めて、そうなると公園中臭くなっちゃってみんなに迷惑かけたから、仕方なく学校行ったたっす」

「…………」

「納得したようなしないようなな。アツシはどうだ？」

「ある意味独特の指導かなって思う」

「とにかく強羅お兄さんは、有基のことは何でもお見通しで、先回りして行動するということですね？」

「そうなんすよ、イオ先輩。すごいっすよね。俺、強羅あんちゃんのことマジで尊敬してるっす」

瞳をキラキラさせて有基さんは言う。

「確かにお前の兄さん、なんらかの不思議議力を持ってる気はするな、うん」

「煙《えん》ちゃん、納得したんだ」

「で？　有基、傷口はどうなの？　風呂につかってしみたりしない？」

「大丈夫っす。ちょっとヒリヒリするっすけど、俺、このヒリヒリ好きなんす」

「あ、ならよかった」

「風呂から上がったらオトギリソウの軟膏を塗るんで大丈夫っす！　強羅あんちゃんに治せない俺の怪我はないんす」

「すさまじい信頼関係だな」

淡々と感心する由布院さんだが、「鬼怒川さんとの信頼関係があるじゃないですか」と言いかけて私は呑《の》み込んだ。

それは人に指摘されて気付けるものではないからだ。


私、ウォンバットは思うのです。

由布院さんは信頼関係という表現をされましたが、それこそは兄弟愛という名の愛であると。

有基さんの周りは愛で溢《あふ》れている。

お兄さんから受ける兄弟愛。

先ほどの木槌《きづち》怪人とも交わしあった友愛。

町行く人々との他愛《たあい》のない会話の中ににじみでる人情という名の愛。

様々な愛に取り巻かれ、有基さんはすくすくと愛の伝道師としての道を歩んでいる、と。

それは、たまたま有基さんが愛に恵まれたラッキーな人であるからなのか?

私はそうは思いません。

有基さんが全ての人にフルオープンに愛を向けるからこそ、人より多くの愛が返ってくるのではないか。そう思えてならないのです。

それは博愛というのかもしれない。

博愛というのは、どうもあまり良い意味で使われていないように感じますが、本来は決して良くないことではない気がします。

まず愛する。

愛される前に愛する。

愛されようとするのではなく、愛する努力をする。

これこそが愛というものの形なのではと思います。

愛して愛して愛しても、愛されないこともあるかもしれない。

拒まれ、疎まれ、報われないこともきっとある。

それでも愛し続けた先に、生きとし生けるものは何かを得ることができるのかもしれません。

そして、その何かとは、きっと愛であると、私、ウォンバットは思っています。

（ああ、有基さんに、こういった胸の内、愛について日々考察している私の思いを伝えたい。モフモフしてるヒマがあったら、愛について語りまくりたい。でも……有基さんはそんなことをのぞまないでしょうし、話したところで頭で理解はしないでしょうね。てか、私の話など、五分、いや、三分も聞いていてられないだろうなぁ）

そして私は、また有基さんに教えられました。

愛は言葉や理屈、道理でもなく、行動なのだと。

有基さんは、考えるより先に体を動かす。

愛に困惑している人のもとへ走っていく。

呼ばれてないのに、自らそういう人を探してパトロールする。

そして、とことん膝をつき合わせ、目を見て愛を訴える。

（でもなぜ、有基さんは、怪人たちに愛の道理を訴えることができるのでしょう？　頭で理解していないはずなのに……）

そして私は、またまた有基さんに教えられることとなりました。

（そうか。有基さんは、愛について理解しているわけじゃなくて、魂レベルで、愛がなんであるかを知っているのだ…。なんということでしょう……もはや愛の伝道師というより、愛を創造した神レベルじゃないですか…！）

そんな考えに思い至り、湯に浸かりながら衝撃を受けていたら、なんだかノボせて…。湯船から出ようと浴槽から洗い場へ飛び降りるその時、足を滑らせてしまった私は転倒しそうになり、

「わわーっ」

その体は有基さんにヒョイっとつまみあげられた。

「大丈夫か、ウォンバット？」

「あ、ありがとうございます…」

ドキッ…！　私の鼓動は速さを増した。

（え…!?　なにドキッとかしてんでしょ、私っ。おかしいですって、なんなんです!?　この感覚…っ）

普通にしてても桃色の顔が、ますますポ～ッと濃く染まる。

有基さんはそんな私を不思議そうに見る。

「なんだ？　お前、真っ赤っ赤だぞ？」

「そ、そうですか？　長湯しすぎてノボせたんじゃないですかねぇ…」

「つか腹減ってんじゃん？」

…え？

「そういえば……晩ごはん、まだでしたね」

すると鬼怒川さんが思い出したようにつぶやく。

「そうだ、カレー」

由布院さんも、「あー」と思い出したようで。

「カレー食おう、カレー」

＊　＊　＊

深夜〇時をまわる頃。

有基さんを除く防衛部の面々は、箱根《はこね》家の茶の間に集っていた。

古い日本家屋の畳の部屋は、古民家にいるような懐かしさと安らぎに包まれている。

それなりに雑然としているのだが、不思議な清潔感を漂わせている。

奥にある有基さんの部屋には、俵山《たわらやま》先生の寝床（？）も定位置にある。湿気のこもらない風通しのいい部屋だ。俵山先生も満足されていると思いたい。

皆さんが思い思いにくつろいでいる中、有基さんは遅れて現れた。「バーン！」と言わんばかりの勢いで。有基さんが現れると、またあの匂いがしてきた。そう、オトギリソウとかいう薬草の匂いが。

匂いに気づいた由布院さんが口火を切る。

「お、有基、オトギリソウの軟膏塗ってもらったのか？」

「強羅あんちゃんにちゃんと隅々まで塗ってもらったっす！」

「強羅お兄さんって、マメだね」

と鬼怒川さん。

「強羅あんちゃんのおかげで、もう全然痛いとこないっす」

そんなに早く効くものなのですかっ！　という突っ込みはさておき、私はオトギリソウの軟膏は俵山先生にも効くのかなとふと思った。そういえば、先ほど、有基さんが強羅さんに治せない怪我はないと言ってたなぁ……。

「さっきくせーって思ったけど、慣れるとこの匂いも案外大丈夫だな。なあ、イオ」

蔵王さんに突然振られた鳴子さんは、

「ええ、そうですね」

といつも通りの感じで返した。

「つか、なんか、ばあちゃんちに来たみたいな感じがするのは俺だけっすか？」

胡坐《あぐら》をかいて首を天井に向けて仰ぎながら、蔵王さんがそんな感想を漏らした。

蔵王さんは今でこそ、やんちゃな女子好き男子高校生に成長したが、少年時代は大変なおばあちゃん子だったとか。どんなやんちゃなことをしでかしても、生きててくれたらそれでいいと、にこにこと微笑《ほほえ》む祖母に育てられ、すっかり女子に甘える体質が出来上がったようだ。

鬼怒川さんも、分かる、と頷《うなず》く。

「するよね、おばあちゃんちに来てるような感覚」

「匂いだな」

由布院さんいわく、懐かしさは匂いに起因するらしい。あ、なんか懐かしいぞ、と感じる瞬間は、映像よりも、いつも匂いが先立つそうだ。

「そういえば、懐かしいと感じる匂いというのはありますね。ここへ来るまで、久しく忘れていましたが」

鳴子さんも皆に同意する。

有基さんはひとりキョトンと瞠目《どうもく》する。

「よくわかんないっす。うち、そんな懐かしい匂いがするっすか？」

家の匂いというものは、そこに暮らす者にはわからないものだという話になる。

「ちなみに俺はどんな匂いっすか？」

蔵王さんが興味津々で問う。悪い話でない限り、自分のことが話題にのぼるのは蔵王さんは嫌いじゃない。

一同は、蔵王さんの顔をジッと見て、そして考える。

どんな匂いかと問われれば――。

蔵王さんには女の匂いがつきまとう。

有基さん以外の誰もがそんな感想を抱いた。

「女の匂いだな」

そのまんま由布院さんが口にした。

「マジすか？　それちょっとヤバくないすか？　イタいっつうか」

女好きなくせに、なぜか蔵王さんは動揺する。

「でもイヤな感じってわけじゃないよ。リュウって、やんちゃな男子って感じがするのに、どことなく女の子っぽくもあるんだよね」

鬼怒川さんのフォローに複雑そうだ。

「えー、女子っぽいすか、俺？」

「うん。イオといると、ポジション的には女子な気がする。イオは完全なる男脳だし、女性的な部分てないよね」

「自分でもない気がしますが考察したこともないのでよくわかりませんね」

「俺はイオって中性的な感じするけどなぁ」

由布院さんが言うと、鳴子さんが由布院さんを見てキッパリと言う。

「由布院先輩は、ディスイズ雄という感じですからね。先輩から見れば、たいがいの男が女性的に見えるか、中性的かのどっちかなのでは？」

（みなさん、普段は、興味なんてないという顔をしているのに、案外いろいろと感じているものなのですね）

私はそんな風に感じ、防衛部の面々の知られざる一面を見た気がした。

「あれ、俺らなんの話してたんだっけか？」

由布院さんは本当に忘れたらしい。

「匂いの話っす」

「あー、そうだった。それでいうとアッシは良妻賢母的な匂い出すよな。実際はかなり雄っぽいと思うけど」

「え、そう？　煙ちゃん、そんな風に思ってたんだ。ちょっと意外」

「思ってた思ってた。アッシは男っぽいよ。物腰穏やかで女性的だけど」

「そうかぁ。そうなんだ」

鬼怒川さんは、意外でもあり、納得してしまったようでもある様子。

「で？　イオはどんな匂いがするんすか？」

「リュウが一番わかるんじゃない？」

鬼怒川さんが言うが、蔵王さんは首をひねる。

「いや、逆に、一緒にいすぎてよくわかんないっす」

「あー、家の匂いと同じ理屈な」

「それでいうと、イオって、匂いがあんまりしないような……」

「あ、確かに。しねえな、お前、匂い」

「そうですか…。無臭ということですね」

どことなく残念そうに鳴子さんはうつむく。

「あれ？　今なんかヘコんだか？」

由布院さんが食いつく。

「いえ、そういうことではないです。まぁ、金の匂いがすると言われるよりは良かったです」

「匂い、欲しかったんだ。人間だから、無臭ってことないと思うけどね。煙ちゃん、匂ってあげなよ」

すり寄ろうとする由布院さんを、鳴子さんはさっと避けた。

「いえ、大丈夫です。ちなみに鬼怒川先輩的には、由布院先輩をどんな匂いだと思われるんですか？」

「煙ちゃんねえ、どうだろうな。強いていうなら、疲れた匂いかな」

「疲れた匂い？」

よくわからず鳴子さんが問い返す。

由布院さんはちょっとショックを受けたようだ。

「お、おっさん臭いってことか？」

先ほどとは逆に、鳴子さんが由布院さんに近づく。蔵王さんもそれに続いてにじり寄っていく。

「ん〜、それともまた違うんだけど。18歳なのに爽やかな匂いがしないってこと」

「いいのか、それ？」

「ありじゃないかな」

「大丈夫、加齢臭しないっすよ。第一、実際もてるっすよね、由布院先輩。一部の女子に」

「へー煙ちゃんそうなんだ？　俺、気付かなかったよ」

「しらねーよ」

「もてるっすよ」

蔵王さんは思い出すように語った。

「デートしたいって女の子がいたから、お茶しにいったんすよ。そしたら『由布院先輩と仲い

いよね、何話してんの?』とか『誕生日いつ?』とか、俺、踏み台にされて」

「そりゃ悪かったな」

「大丈夫っす。帰りには俺のこと好きになってたから」

「へぇ…まぁいいや。何でも」

由布院さんは自分の話題は苦手らしい。

すると有基さんが、まるでいいことを思いついた子どものように嬉々《きき》として一同を見る。

「ウォンバットは、モフモフの後が一番いい匂いっす!」

「あ、そう…」

由布院さんが乾いたリアクションを返す。

「有基、今までずっと匂いについて考えていて、その結論にいたったのですか?」

「うっす。なぁウォンバット」

「え……」

突然愛くるしい瞳で見つめられ、私はドキリとなる。

(なっ、なぜまたドキッとしてしまうのか……なんなんです、いったい!?)

私は自分で自分に当惑する。

「お前~、また顔赤いぞ?　風邪でも引いたのか?」

「ウォンバットも風邪引くのかよ?」

蔵王さんが素朴な疑問。

「引くんじゃないっすか？　フツーに。なぁ？」

「え、ええまぁ……フツーのウォンバットならば、風邪的なものを患うかもしれませんね。私はあらゆる予防策を行使しているのでそのようなことはないと思います」

「じゃあなんで顔赤いんだ？　まだノボせてんのか？」

「……そうかもしれません」

（ウソではない気がする……私、なんとなく今日の有基さんにノボせているのかもしれません……なんということだ！　ところでさっきから気になっているのですが、全身くまなく毛で覆われているというのに、どうやって私の顔色を判断しているのでしょうか？　謎です。また一つ謎が増えました）

「ちなみにさ、ウォンバットってどんな匂いがするの？」

鬼怒川さんが興味ありといった様子で問いかける。

「ケモノ臭っす！」

ものすごく嬉しそうに有基さんは答える。

（なんでしょう、あまり嬉しくありませんね、その表現……）

「臭くないんだ？」

「ないっす！　生きモノ～～～って感じの匂いで好きっす」

「有基って、結構ワイルドだよね」

「顔に似合わずな」

由布院さんと鬼怒川さんは何か通じ合ったように頷き合う。

すると、フワッとカレーの匂いが茶の間に漂ってきた。

先ほど火にかけておいた鍋が温まってきて、湯気が匂いを運んできたようだ。

「お、カレーあったまったみたいっす。あんちゃんがコゲないようにかき回してくれてるはずっす」

「ありがたいねえ、食おう食おう」

「腹減った〜」

「確かにかなり空腹です」

「作っておいて良かったね、有基」

「うっす」

＊　＊　＊

有基さんと鬼怒川さん作のなんでもカレーのシーフードな香りが茶の間を包んでいる。

かまぼこは桃色も白も両方の色が入っていた。

「紅白、どっちも入ってたね、かまぼこ」

「おう、めでたいな」

「うめーっす」

「ええ。おいしいですね、そのへんの蕎麦屋《そばや》のカレーには圧勝しているような気がします」

「珍しいね、イオがそんなに誉《ほ》めてくれるなんて」

「腹減ってるからじゃね？」

「それだけじゃないですよ」

　有基さんは頬に子どものようにカレーのルーをくっつけた笑顔で一同を見る。

「みんなで食べてるから、うまいんす。一人で食べると半分ぐらいのうまさになるっす」

「あー。半分かどうかはおいといて、それはあるかもな」

　由布院さんは素直に認める。

「食べてるか、ウォンバット」

「いただいてます、はい」

「そういえば、今日、俵山先生と離れてる時間長くなかったか？　大丈夫？」

「まだなんとか保ってると思います。先ほど、きちんと冷暗所に保管してきましたから」

「……なんかそれ考えると不思議だよね」

「考えちゃダメだ、アツシ。世の中には考えてどうにかなることと、考えない方がいいことがあるんだ」

「そうだね、うん」

有基さんが「あっ」と子どもみたいな声をあげる。

「どうしました、有基さん!?」

「温泉卵忘れた！」

言うやいなや立ち上がり、有基さんは茶の間を飛び出していく。

「なんだ？」

「なんだろうね？」

「どっかに置き忘れてきたのか、温泉卵を」

一同は首をかしげる。

すると、有基さんが手に、温泉卵の入ったザルを抱えて戻ってきた。

「持ってきたっす！」

湯からあげて間もない温泉卵がホクホクと湯気を立てている。

「ああ、カレーの付け合わせにってこと？」

「付け合わせ？　鬼怒川先輩はぐちゃぐちゃに混ぜないんすか？」

「え、あ、一緒には食べるけど、混ぜはしないかも」

「えー？　カレーに卵混ぜるの最強じゃないっすか？　生卵でもいいっすけど、俺は温泉卵混ぜが最強って思うっす」

「俺は混ぜない派だな。辛さが弱まる」

　由布院さんが断言する。

「私も混ぜない派寄りですね。辛さは辛さとして味わいたいタイプです」

「えー。リュウ先輩は？　ぐちゃぐちゃしないっすか？」

「ガキの頃はしてたけどな。なんか最近はしなくなった。つか、気づいたらしなくなってたって感じか」

「えー……」

　不思議だなーと思っていることが有基の目からはアリアリと見てとれる。

　私、ウォンバットは、そんな有基さんのつぶらな瞳を見ているうちに、純粋という、この星の言葉が脳裏に浮かんだ。

（まぁ、その言葉で有基さんの全てを表現することはできませんが、純粋な部分が大きいですね、有基さんは。まぁ、時たま子どもっぽいなぁと思う事もありますが、それを子どもっぽいと片付けてしまえばそれまでで、それは純粋さゆえになんだろうなぁと。そう、平たく言うと、有基さんは子どものようだ。それも観念言語を覚える前の、いや、もっとずっと前の、幼稚園ぐらいの子どもに近い、でも純粋さがそう思わせるのですね）

　なぜか今日はやけに有基さんについて考えていますね。

「お前、今、俺のこと考えてたろ?」

小悪魔のような顔をして、有基さんが私の顔をのぞき込む。

私はハッとなる。

「ぎくっ」

(ドキッとした。純粋で子どものようなのに、時折有基さんは小悪魔のような顔をする……。あれ、小悪魔って子どもの悪魔でしたっけ? ちがいますよね……)

私は動揺が隠せない。

すると有基さんは嬉しそうに防衛部の面々に言う。

「こいつ、俺のことが好きなんす」

「あー、そんな気がするね」

抑揚のない口調で由布院さんが同意する。

「なついてるって感じじゃないんだけど、好きなんだろうね、なんかわかる」

鬼怒川さんも同意する。

「有基って動物に好かれるタイプな気がすんな」

「わかります。まぁ、このウォンバットを動物とカテゴライズしていいかは微妙ですが」

「動物ではありませんよ、私は」

言っておくことにする。大事なことは口に出して言っておくことにする。でないとこの人たちは、だんだんと私をペット扱いしかねない。物事をよく考えないところがありますからね。良く考えずにとうとう口に出すところがありますからね。温泉の湯がとうとうと流れるように。

＊　＊　＊

台所では、強羅さんがせいろで温泉まんじゅうを蒸《ふ》かしている。

（食後に有基が食べたがるに違いない。特に、今日のようなカレーの日は、間違いなく食べたがる。そういえば、有基がまだ小学生ぐらいの頃、駅前で温泉まんじゅうを買ってやったら、その場で蒸かしていないと知り、泣いていたな……俺はそんなことを思い返す。あのおいしそうな、あったかそうな湯気の正体がドライアイスと知り、目を丸くして驚いたと思ったら、その目から大粒の涙がこぼれて……俺の方が驚いた。懐かしいな…）

火加減を決めると、洗いものに手を伸ばす。

（実演販売風に見せているのなら、実際にその場で蒸かしていた方がいいかもしれない。でも、そうはいかない事情もわかる。でも、あの頃の有基には何が何だかわからず、なぜだか涙が溢れてしまったのだろう。そんな有基が……今ではドライアイスも自然に受け入れている。大人になるということは、そういうことなのかもしれない）

せいろの湯気が濃くなり始めた。

＊　＊　＊

温泉まんじゅうが蒸し上がり、全員で一斉にほおばる。

カレーの皿にかわって、今度は大きなせいろを囲んでいる防衛部の面々。

「不思議とせいろって、火からおろしても、なかなか冷めないいんだよね」

鬼怒川さんが上品にまんじゅうを口にしながら、そんなことを言う。

「へー、さすがアツシ、詳しいよな、料理関係」

「そんなでもないけど。それに気のせいかもしれないし」

「でも、いいっすよね、せいろ！　なんか好きっす」

五個めのまんじゅうに手を伸ばしながら、有基さんが言う。

「お前、何個めだよ!?」

甘い物は別腹と言うが、有基さんの胃は底なしらしい。

「五個めっす」

「マジか！　この俺だって、三個で限界だってのに」

甘党を自負している蔵王さんが目を丸くする。

「煙ちゃんも好きだよね、温泉まんじゅう」

「あー、でも五個も食ったら嫌いになるかも」

「え、なんでっすか？」

「なんでだろうなぁ。そんな気がするな」

「え――……」

本当にわからないという顔を有基さんがする。

つい私が口を挟む。

「好きすぎて嫌いになるということが、現実としてあるようですよ」

「なんでだ…？」

有基さんにはわからないかもしれない。

（人は複雑に出来ているものと学びましたが、有基さんはそうでない気がします。シンプルで、ピュアで、まっすぐで。誰もがそう生きられたら幸せなのかもしれません）

そんなことを思いながら、私も三個めのまんじゅうを手に取った。

「ん？　いきますね、ウォンバットも。三つめですよね？」

鳴子さんに言われ、ふと私は我に返る。

「三つめでしたか」

「ええ。数字には細かいタイプなので間違いないです」

「そういうイオは何個食った？」

「二つです」

「珍しいじゃん。普段、あんま甘いもんとか食わないよな？」

「そうですね。脳に糖分を送りたいときは、ぶどう糖を摂《と》りますが」

「あ、前から思ってたんすけど、ぶどう糖って、あの木にぶらさがってるぶどうから出来てるんすか？」

「そうなんじゃねえの？」

由布院さんが適当に返事をする。

「そうなのかな？」

鬼怒川さんはちょっと心配になり、問い返す。

「ぶどう糖なんだからぶどうだろ？」

蔵王さんが鳴子さんを見て、そう言う。

「どうなんでしょう。考えたことがなかったので…。十数秒待ってください」

そう言って鳴子さんは小型のパッドで検索を開始する。

そして検索結果を見て、ある程度納得したような顔で一同を見る。

「ぶどう糖という名称の由来は、熟したぶどうの成分に多く含まれていたから……という説と、化学式の形状がぶどうの房に良く似ているから……とする説があるようです」

「お、じゃあやっぱぶどうに含まれてるからぶどう糖ってことでいんだな」

「まぁ一説としては」

「いいよ、それで。な、有基」

「いっす」

「おいおい、一応、化学式説も頭の片隅においとこーぜ」

由布院さんがたしなめるように言う。

「僕も両方覚えておくべきな気がする」

鬼怒川さんも由布院さんの意見に賛同した。

「ま、いつ役に立つかわかんねーけどな」

「うん」

「ところで今何時だ?」

由布院さんの一言で、一同は時計を見やる。

時計の針は深夜一時になろうとしている。

「お、日付変わってるじゃん」

ちょっと嬉しそうに蔵王さんが言う。

「ま、明日休みだしね」

「そうか、休みか、そいつは嬉しい」

「煙ちゃんて曜日に無頓着だよね」

「何曜日だから特に何かするってわけでもないからな」

　すると有基さんが驚いたように由布院さんを見る。

「えーっ、金曜とか土曜とか、休みの前の日って嬉しくないすか？　俺は朝から嬉しいっす」

「あー、子どもの頃はそんな感じもあったような」

「俺はわかるぞ、有基。休み前はかなりアガる」

　蔵王さんが有基さんにサムズアップする。

「そっすよね」

「自分としては、株式市場が休みの日が安息日ですね」

　鳴子さんの生活は一切ブレがない。

「アッシ先輩は？　休み楽しみじゃないっすか？」

「とりたてて楽しみにしてるってわけじゃないけど、まぁ、ラクだよね。次の日学校ないと思うと」

「俺なんか、ヤッホーって言っちゃうほど休みが好きっす」

「つか、有基、学校嫌いなのかよ？」

　蔵王さんが素朴に質問する。

「……へ？　あれ？　べつに全然嫌いじゃないっすね、学校。なのになんで休みだとあんな嬉しいんだ？」

　頭の上に『?』を浮かべて自問する有基さん。

「遊びたいんじゃない？　有基は。学校行って勉強するより、休みの日に思いっきり遊ぶのが好き、みたいな」

「あ、それっす！」

「でも、遊ぶって、何すりゃいいんだろうな？」

　突然由布院さんが言い出した。

「ガキの頃なら、公園行ったり、森行ったり、まぁ遊んでたわけだけど」

「ゲームとかじゃない？」

「でもゲームなら、遊ぶって言うより、ゲームするって言わね？」

「あ、そうかも」

「単純に、遊ぼーって言われても何していいかわかんねぇな」

「そうかもしれない」

　妙に納得し合う高三コンビ。

「その点、リュウはシンプルですね。遊ぶと言ったら女子と会うということになりますよね」

「まぁ九割はな。でも、イオとも遊んでんじゃん。ゲームとか」

「ですからそれはゲームでしょう」

「ゲームだって遊びだろ？」

「なんか、ワケわかんなくなってきたっす」

有基さんが六個めのまんじゅうをほおばりながら笑う。

「でも楽しいっす」

天使の笑顔で幸せそうに、そう言った。


私、ウォンバットは、このひとときに心地よさを感じていた。

カレーと、温泉と、オトギリソウと、幾分かのまんじゅうの甘い香りに包まれ、どうでもいいようでどうでもいいわけでもない話を延々と続ける。続けられることが、幸せなのではないかと思う。

おそらくこの空間は、ある種の愛で満ちている。一言で形容できない愛の形。

愛とは姿形を変え、無数に存在するもののように思う。

感じ取るか感じ取らないかの問題で、いつもその辺に漂っているのではないか。

温泉街に、常にぼんやりと湯気が漂っているように。

眉難高校地球防衛部のみなさんのおしゃべりは、まだまだ尽きることはなさそうだ。

同志よ。私はこの星で、愛を感じている。

あ、そうだ、有基さんに分けてもらったオトギリソウの軟膏を俵山先生にも塗ってみよう。

終わり

あとがき

この本を手にとってくださったみなさま、本当にありがとうございます。
そして、この本が出版にこぎつけるまで、尻を叩《たた》いてくださった金子《かねこ》さん、川原《かわはら》さん、荻原《おぎわら》さん、他みなみなさま、本当にありがとうございます…っ。

『美男高校地球防衛部ＬＯＶＥ！』の本読みの現場（シナリオ打ち合わせ）は、大半が、スーパー銭湯の、居酒屋チックな休憩スペースのようにほっこり＆まったりしていて、居心地の良い場所でした。もちろん本当に休憩しているわけじゃないので、シナリオの中身、設定に関する詰めた話をする時は、ピリリ…と空気も張り詰めるのですが。
というか、実際は大半が張り詰めていたと思うのですが、終わってみると休憩スペースのようであった…という印象なのだと思います。それもこれも愛に溢《あふ》れた作品だからなのかもしれません。普段なかなか『愛』とか口にしませんが、よく語ったなぁ、愛について……（笑）と思い返されます。

シナリオ執筆の依頼を頂戴した時のこと。
まずタイトルがすごいなと——。『美男高校地球防衛部ＬＯＶＥ！』「ホントに…？　本気で…？」と思いましたが、でも、川原Ｐの眼鏡の奥の目が本気だったので、聞き返せませんでした。高松《たかまつ》監督はニヤニヤしていましたが。いや、ヘラヘラという感じでしょうか。

しかし、打ち合わせが進むにつれ、『美男』を『眉難《びなん》』にしてみようかという話が持ち上がり、実際、『眉難高校』とシナリオに表記していた時期もありました。全員で、ちょっとテレたのかもしれません。でも結局は『美男高校』になりました。一周まわって…というやつです。

そして、とにかくウォンバットのビジュアルについて、繰り返し意見を交わし合いました。こんなに美男子が登場する作品なのに、そのビジュアルよりもウォンバットのビジュアルについて話し合っていた時間の方が長かったような気さえします。動物園関係の方やウォンバットに関する学術系の方々はともかく、あれほどウォンバットのことが語られたシナリオ打ち合わせというのは、過去になかったんじゃないかな…と思えるほどに。

どういうウォンバットがかわいいのか？　そもそもウォンバットってかわいいのか？　なんでウォンバットなんだ!?　とか、グルグルグルグル…。そして結局、ハートがトレードマークのウォンバットでいこうということになり。これまた一周まわって…というやつです。

美男子の面々については、部室にいない時はどんな感じなのか？　クラスに友だちは多いのか、少ないのか、そもそもいるのか？　部屋の中の様子は？　家族は？　趣味は？　食べ物の好みは？　怒るとどうなる？　寝言でどんなことを言うのか？　お風呂で初めに洗うところは？　……などなど、延々と、膨大な設定というかイメージが話し合われ、その一部が作品の中に表現されていきました。デザインにしろ、シナリオにしろ、描きだす前に、キャラクター性について話し合っている時間は至福です。そして作り込んでいく段階で、時間との戦いとか、産みの苦しみとか、様々な地獄に突入していくのですが…。

それにしても『黒玉湯』ってすごいな…と思われなかったでしょうか。最初、『玉黒湯』と勘違いしたこともあって、その名称を聞いた時は、ものすごいインパクトでした。当初は、『玉黒湯』という案も出たそうで。高松監督が考えたのか、横手さんが考えたのか、会議の流れでなんとなくそうなったのか。私が参加させてもらった時はすでに『黒玉湯』で、すごい…と思うと同時に、笑ってしまいました。全編を通し、みなさんにもおおらかな気持ちで笑っていただければ幸甚です。

三十分アニメーションのシナリオの場合、おおよそ、二百字詰め原稿用紙で、七十枚〜八十枚ほど書くのが一般的なのですが、この作品に関しては、初稿がとてつもなく長くなってしまった気がします。ハコ組みは通常と変わらないのに、キャラクターがとてもよく話すので、自然と会話が長くなりました。加えて、怪人たちもよく語りますから…。決してポジティブではない怪人たちでしたが、ある意味パワフルで愛すべきキャラクターでした。彼らについて考える基本方針は『愛憎』です。愛あるゆえに憎む。彼らもまた愛に溢れた人だったと思います。

そして、生徒会メンバーは、金銀パールトリオとして、いい距離感で作品に輝きを与えてくれたなぁと、これまた愛してやみません。ズンダーもすごかったです。なにがどうなってズンダーとなったのか、そういえば監督に聞かないうちにシナリオ打ち合わせが終わってしまいました。なぜにズンダー？　と思った一方で、どういうわけか自然に受け入れることができたキャラクターでした。

全国各地の名湯から名前をいただいたキャラクターたちは、一風変わっているし、とんがってもいるし、辛辣だったりもするのですが、どこか温かみがあって…。まさに温泉に浸《つ》かった時のようなほっこり感を抱いていただければ嬉《うれ》しいなぁと思います。

今後、温泉に行く機会に恵まれた時はきっと、本作のキャラクターたちを思い出すのだと思います。

高橋《たかはし》　ナツコ

美男高校地球防衛部LOVE！オープニングテーマ

「絶対無敵☆Fallin' LOVE☆」

c/w「Just going now !!」

特典】
衛部（制服姿）SDキャラカード付き
ゃにめ.jp特典】
ャストサイン入りバトルラヴァーズの
キャラカード付き
ャラカードは5種のうち1枚がランダム封入となります

売日：2015年1月21日
格：1,204円＋税　品番：PCCG-70245

歌：地球防衛部
箱根有基（CV山本和臣）
由布院 煙（CV梅原裕一郎）
鬼怒川熱史（CV西山宏太朗）
鳴子硫黄（CV白井悠介）
蔵王 立（CV増田俊樹）

美男高校地球防衛部LOVE!エンディングテーマ

「I miss you の 3メートル」

c/w「我ら正義のカエルラ・アダマス

【特典】
カエルラ・アダマスSDキャラカード付き
※キャラカードは3種のうち1枚がランダム封入となります
【きゃにめ.jp特典】
未定

発売日:2015年1月21日
価格:1,204円+税 品番:PCCG-70246

歌:地球征服部
草津錦史郎(CV神谷浩史
有馬 燻(CV福山 潤)
下呂阿古哉(CV寺島拓篤

美男高校
BINAN KOUKOU CHIKYUBOUEIBU
地球防衛部 LOVE!

のコミカ

原作　馬谷くらり

作画　杜乃ミズ

美男高校
BINAN KOUKOU CHIKYUSEIFUKUBU
地球征服部 LOVE!

ぽにきゅん
BOOKS

美男高校地球防衛部
LOVE！NOVEL！

原作：馬谷くらり／著者：高橋ナツコ

ぽにきゅんBOOKS

2015年1月7日　初版発行

発行人　古川陽子
編集人　大日向洋
発行　株式会社ポニーキャニオン
〒105-8487　東京都港区虎ノ門2-5-10
セールス マーケティング部　03-5521-8051
マーケティング部　03-5521-8066
カスタマーセンター　03-5521-8033
装丁　あおろぼでざいん
イラスト　原由美子／ディオメディア
組版・校閲　鴎来堂
印刷・製本　図書印刷株式会社

ISBN978-4-86529-112-4　PCZP-85073